JN068230

魔導師は平凡を望む 31

エルシュオン
ミヅキの保護者。親猫扱いされるイルフェナの第二王子。あまりに高い魔力と敵に対する容赦のなさから魔王と呼ばれている。
ファレル
イルフェナ王太子直属の騎士。落ち着いており、優しげで人当たりが良い。
香坂御月
（コウサカ ミヅキ）
気がついたら異世界にいたドSな女性。異世界人の魔導師という立場故、問題に遭遇しやすい。周りからは鬼畜魔導師と恐れられる。

シャルリーヌ
クラレンスの妻にして、アルジェントの姉。
相手を精神的に追い込む手腕は、ミヅキにすらSと言われるほどである。
コレット
クラウスの母。ブロンデル公爵夫人。
魔術師として活動することもあるため、柔軟性のある思考もできる。
アルジェント
淡い金髪に緑の瞳を持った美形騎士。
ただし、『自分より強い者に苦痛を与えられることに悦びを感じる』という変態。
クラウス
長めの黒髪に藍色の瞳を持った美形騎士。ただし、魔術にしか興味がなくミヅキに職人扱いされる。
登場人物紹介

目次

プロローグ

――イルフェナ王城・エルシュオンの執務室にて（エルシュオン視点）

一通りの報告に目を通し、私は軽く息を吐いた。ルドルフを巻き込んだ、私への襲撃に事を発する一連の事件も漸（ようや）く解決しそうだと……そう理解して。

「後は其々（それぞれ）の関係者……特にハーヴィス次第だろうね」

「ふふ、そうですね。もっとも、ハーヴィスにとっては、今後こそが大変でしょうけど」

「まあ……それも込みで『罰』なのだろうさ」

護衛として傍（そば）に控えていたアルも、中々に辛辣（しんらつ）である。だが、これは仕方がないのかもしれない。

今回の私への襲撃は、ハーヴィスの王女であるアグノスが個人的に画策したものだったのだ。それも、『物語の王子様らしくない行動を取った』という、非常に身勝手な理由で！

……はっきり言おう。正直なところ、私は他国から命を狙われても仕方がない立場という自覚はあった。王族として、これまで幾つもの政（まつりごと）に携（たずさ）わってきたのだから。

生まれ持った魔力による威圧などなくとも、自国に利をもたらすよう行動するのは、当然のことである。敵対する存在が居ようとも、私は結果を出すことを重視し、それが正しいと思ってきた。

これは私が特殊な考え方をしているというわけではない。おそらく、どんな国であろうとも、王族として生まれた以上、背負うべき責務のはずだ。

まあ、ともかく。

その点については、私個人が悪であったということではない。そもそも、アグノスから見た『王子様らしくない行動』という点において、そこは問題視されなかったようなのだから。

私が狙われた理由は……アグノスの『物語』において、『王子様』という役を当て嵌められていたからだ。勿論、勝手に。


金の髪に青い瞳、容姿や、悲劇的と言われる要素――生まれ持った魔力が高過ぎて、無意識に威圧を与えてしまうこと――を総合し、勝手にアグノスの王子様役にされていたらしいのだ。正直に言って、今でも意味が判らない。

当たり前だが、最初は私やルドルフへの恨み――外交的なもの――を疑われた。二人とも異世界人の魔導師であるミヅキから無条件の信頼を勝ち取り、その恩恵を受けていると言われているのだ。その過程で、排除された者達からの恨みであろうと。

事実、私はミヅキ達から事前に貰っていた魔道具や、救助に尽力してくれた他国の者達の協力なくしては、命が助かったか怪しい。

ミヅキがゴードンと共同で、禁呪紛い(まがい)の治癒の魔道具を開発していなかったら。

訓練のため、ジークフリート殿達が騎士寮を訪れていなかったら。

そして、黒騎士達がジークフリート殿達に開発した魔法剣を渡していなかったら。

そのどれが欠けても、私は生きていなかったに違いない。……そんな状況だったのだ。

だが、捕らえた襲撃犯達が沈黙する中、ミヅキが聖人殿を伴って帰国したことで、ハーヴィスの関与が浮き彫りになってくる。

それは『血の淀み』と言われる『ある忌まわしい要素』を産まれながらに持つ、ハーヴィスの王女・アグノスの関与を疑わせるのに十分なものであって。

結果として、イルフェナは彼女の勝手な行動が今回の事態を招いたのだと、結論付けるに至ったのだ。……その点に関しては、寝耳に水だったハーヴィス側も被害者と言えなくもないが。

そして、事件が起きたことを皮切りに発覚する、王女アグノスの状況。

彼女はその行く末を案じた乳母の提案によって、『御伽噺(おとぎばなし)のお姫様』という立場を演じていたのだ。だからこそ、これまで大きな問題もなく、王女として過ごせていたのだと。

困惑する周囲——ハーヴィスの者達も含む——をよそにアグノス自身から語られたのは、彼女の歪さ(いびつさ)。彼女の両親の恋物語から始まった『物語のような恋』は、その血の濃さゆえに起こった

『血の淀み』により、アグノスに深刻な弊害をもたらしていたのである。

これにはイルフェナだけでなく、アグノスの状況を全く把握していなかったハーヴィス側も困惑しきりであった。亡き側室……アグノスの母親に忠誠を誓う乳母の献身もあり、何の問題もない王女と思い込んでいたのだ。唐突にその異常性を突き付けられたとしても、すぐに信じることはできなかっただろう。

だが、当のアグノスに罪悪感が皆無だったため、聞かれるままに答えた内容に……イルフェナどころか、ハーヴィス側も信じざるを得なかった。

また、ミヅキが勝手に他国の友人達へと襲撃のことを伝えており、イルフェナには各国からミヅキの知り合い——あくまでも、ミヅキを案じた人々、という建前——が集っていたこともまた、ハーヴィス側に誠実な対応をさせた一因だ。

これでおかしな対応をしようものなら、間違いなくハーヴィスは各国から批難を浴びる。これまで他国との関わりを断ってきたハーヴィスにとって、それはとても恐ろしい事態に思えたであろうことは想像に難くない。

結果として、『イルフェナ側に何か問題があったのではないか』と責められることもなく、ハーヴィス側の有責で解決が進められてきたのだ。実に幸運だったと言えるだろう。

その最中、怒りを募らせたミヅキ以下、有志数名によるハーヴィスの砦陥落事件などが起きたりもしたが、当時はミヅキが家出をしていたうえ、私自身も寝込んでいたため、責められることはなかった。

第一、魔導師たるミヅキが黙っているはずはない。自分で言うのもなんだが、私の過保護と同じくらい、ミヅキが私を『保護者』として認識し、懐いているのは有名なのだ。

ハーヴィス側がぐずぐずしていたから痺れを切らせたのであって、当初はミヅキも素直に静観する姿勢を見せていたのである。それを知っている以上、各国も当然の行動と判断したのだろう。

――そして。

表面的には『ハーヴィスはイルフェナへの謝罪と共に、王女アグノスを国外へと追放する』という形で、事件は終わりを迎えたのだ。あちらの王妃や宰相がまともな人間だったことも幸いした。

その裏では、ハーヴィスがこれまでのアグノスへの対応を責められたり、ハーヴィス王が父親としてのプライドを木っ端微塵に打ち砕かれたり、それ以前に王としての覚悟がないと、ミヅキによって散々に突かれたのだが、全てが事実なので、誰も庇う者は居なかった。

……ハーヴィス王にとっては、それよりもアグノスの追放が最も堪えたことだったろう。なにせ、自国の者達からの擁護もなく、愛娘と思っていたアグノスからは全く執着されていないという事実が判明したのだから。

彼の今後がどうなるかは判らないが、明るい未来でないことはたやすく予想がついた。だからこそ、イルフェナとゼブレストは、振り上げた拳を収めたのだと思っている。

いやはや、うちの黒猫の恨みは恐ろしい。共犯者となっていたルドルフも大概だが。

「まあ、暫くはゆっくり過ごすよ。私も溜まった仕事があるし、この一件に思うことがある者達も居る。ミヅキもイルフェナでのんびりすればいい」

「ふふ、そうですね。何だかんだと、ミヅキは他国に赴くことが多かったですから」

監視と保護を受ける異世界人のはずなのに、とアルが笑う。しかし、私は笑えなかった。

「う……私が仕事を依頼した場合もある以上、半分くらいは私にも責任があるような」

「まあ、そうでしょうね。そうでなければ、煩いことを言う輩も居るでしょう。今回のことで、ミヅキに接触を試みる者が出るやもしれませんし」

「……。それは覚悟しているよ。ミヅキもそれは判っているだろうしね」

正直に言えば、頭が痛い事態である。父上がミヅキに興味を持ったうえに、今回の『働き』（意訳）だ。危機感を募らせる輩が出ても仕方がない。

「その可能性も含めて、暫くはイルフェナで過ごすだろうさ。まあ、ミヅキならば心配はないだろうけど、必要ならば、私が出向くよ」

「相変わらず、過保護ですね。……ふふっ！　おや、失礼」

「煩いよ、アル」

とうとう笑い出した幼馴染に、私はジトっとした目を向ける。だが、そんな遣り取りさえも好ましく思っている自覚があるゆえに、それ以上の言葉を重ねることはしなかった。

……きっとアルには、そう思っていることすらバレていただろうけど。

第一話　成長する王女

――サロヴァーラ・王城にて（リリアン視点）

「……良かった」

ミヅキお姉様からのお手紙を読み、私は思わず呟いていました。安心したのかもしれません。

今回のお手紙の内容は勿論、アグノス様のこと。私達も彼女を気にかけていたからこそ、『個人的な手紙』という形で教えてくださったのでしょう。

思い浮かぶのは、サロヴァーラで数日を過ごした時のアグノス様。

ミヅキお姉様曰く、『精神年齢幼女』とのことですが、サロヴァーラに来た直後のアグノス様はとてもそれだけとは思えない状況でした。

幼子のように純粋であれど、自分の意思を示すことがない。

聞き分けが良い子どころか、そう思えてしまったのです。以前はもっと違ったような……と。

朧げな記憶しかない私ですら、そのように感じてしまう状態でした。

私自身がこれまで、多くの我侭を言ってきたからでしょうか……何と言うか、実に奇妙に思えてしまったのです。酷く歪に見えた、と言ってしまってもいいかもしれません。

いっそ、完全に人形のようであれば、『王族教育の一環として、徹底的に自我を出すことを禁じられてきた弊害でしょうか』と、納得できたかもしれません。

ですが……アグノス様は明らかに違いました。

その違和感を口に出した時、お姉様は『誰か』への蔑(さげす)みを顔に浮かべていらっしゃった。

思い出すのは、当時のお姉様との遣り取り。

※※※※※※

「彼女は自我を確立させる以前に、『誰か』の望む姿を演じることを覚えてしまったのでしょうね」

幼い頃のアグノス様は聡明だと言われていました。ならば、『【誰か】の望む姿を演じる』ことも不可能ではなかったのでしょう。

ですが、私は疑問に思ったのです。

「お姉様。いくらアグノス様が優秀でいらしたとしても、周囲の者達……特に親しく接している者まで、それに気付かないものでしょうか？」

アグノス様がいくら優秀だったとしても、誰かに習うことなく、完璧に遣り遂げることは不可能ではないのでしょうか。

そもそも、その当時のアグノス様は齢(よわい)一桁(けた)のはず。

そういったことを教える者が居ない子供の演技など、ある程度の親しさがあれば、気付かれてしまうでしょう。溺愛する家族、もしくはそれに準ずるような存在ならば、違和感を覚えるはず。

では、何故、誰もそのことを指摘してこなかったのか。

アグノス様がハーヴィス王陛下の愛娘である以上、放置されていたということは有り得ません。

だからこそ余計に……お父様やお姉様から守られ、慈しまれた私だからこそ、奇妙に思えてしまったのです。

「……本当の意味で、アグノスのことを想っていた者が居なかったのでしょうね」

「え？」

「アグノスの演じる姿が、その者達にとって都合が良かったのよ。だから、違和感を覚えたとしても、見て見ぬ振りをしてしまったんじゃないかしら」

苦々しく予想を語るお姉様の言葉に、私は絶句してしまいました。どう考えても、それは『愛される王女』や『愛娘』への接し方ではありません。

……ですが、それが正しいような気もしていたのです。

アグノス様があのようになってしまった元凶は、亡くなられたご側室……アグノス様のお母様だと、ミヅキお姉様は言っていらした。

ひたすら、アグノス様の幸せを願っていた乳母とて、一番は自分の主たるアグノス様のお母様であったと。敬愛する『主』の言葉を、その願いを、忠実に守っていたのだと！

アグノス様がご自分の意思でお母様や周囲の望む姿を演じる以上、彼らは口を噤んだ……ということでしょうか？　けれど、それならばお姉様はこのような言い方はしないはず。

ならば……その考えは間違っているということ。


本当にアグノス様のためを思うのならば、そのようなことは絶対にしないでしょう。

アグノス様ご自身の意思を殺し、個性を損なわせたままにするなど……！


「ふふ……良い子ね、リリアン。アグノスのために怒ってくれるなんて」

お姉様は何故か、満足そうに微笑みました。

「それもアグノスの救いなのよ。それに、無自覚であろうと彼女を『そういう風にしてきた者達』は、これから嫌というほど思い知ることになるでしょう」

「これから……ですか？」

「ええ。だって、ミヅキは『アグノスはハーヴィスを出る時、特に悲しんでいなかった』と言っていたじゃない。それが意味することなど、一つしかないわ」

「あ……！」

「誰もアグノスに向かい合ってこなかったのならば、『誰一人必要とされなくても、不思議ではない』のよ。彼らはきっと、そこに気が付くわ」

お姉様の言葉に、私はハッとしました。

そう、そうです、『アグノス様は祖国を追放されても、全く悲しんでいなかった』！

不安を感じないのは『血の淀み』の影響だとしても、誰かに執着していらっしゃるならば幼子のように泣いて、引き離されることを嫌がるでしょう。

サロヴァーラに来て以来、徐々にミヅキお姉様に懐く様を見せているアグノス様を見ていれば、そんな姿がたやすく思い浮かびます。

随分とあっさり心を開くものだと思っていましたが、もしや、それは『ミヅキお姉様のように接してくれる者が皆無だったこと』が原因だったのでは。

「ミヅキはハーヴィスにこれ以上、何かをする気はないでしょう。だけど、アグノスが『ハーヴィスの者以外に懐くこと』は、これ以上ないほどの報復になるでしょうね」

「過ちに気付いて反省すれば、今後の関係改善は望めると思いますが……」

「無理よ。だって、ミヅキは『今後一切、アグノスに関わらない』と約束させているんですもの。ハーヴィスの者達に『今後』なんて、ないのよ」

――どこまで考えていたのかしら、容赦（ようしゃ）がないわねぇ。

そう言いつつも、お姉様の顔に浮かぶのは満足そうな笑みでした。お姉様はミヅキお姉様を認めていらっしゃるから、仲の良い友人の鋭い一手を喜んでいたのかもしれません。

同時に、私は自分に与えられている過ぎるほどの愛情と幸運を痛感せざるを得ませんでした。

『遣り直すことができる』……それはきっと、とても幸運なことなのです。

私の『現在』はお父様やお姉様、亡くなったお母様方、王家への忠誠を持っていてくれた者達、他国の皆様、そして……何より、ミヅキお姉様が動いてくださったゆえのもの。

それは決して、当たり前のことではないのです。いえ、気付いてはいましたが、私が想像しているよりもずっと大きな『幸運』でした。今だからこそ、それが判ります。

アグノス様と接することで、私も多くのことに気付けるでしょう。何となくですが、そんな予感がしました。

※※※※※※※

「良かったわね、リリアン」

「はい！」

私の呟きを聞き取ったお姉様とて、嬉しそうにされています。お姉様も何だかんだとアグノス様を構っていらしたので、アグノス様が教会で幸せに暮らせていることに安堵したのでしょう。

同時に、私自身も反省すべき点に気付きました。

「……お姉様。私は自己満足で、ミヅキお姉様にとんでもない『お願い』をしていたのですね」

偽善と言われても仕方がない願いである自覚はありました。ですが、そこまでもっていく道筋は

『柵がなく、他国に交渉できる術を持つミヅキお姉様』だからこそ可能だったのです。

「他者の介入が望めず、一番の味方であるイルフェナとゼブレストが動くはずもない……ミヅキお姉様は一体、どのような交渉をされたのでしょうか」

「そうねぇ……私には思いつかないし、あの子も話さないでしょうね」

「……」

自分の至らなさに、落ち込んでしまいます。いくらミヅキお姉様が承諾してくださったと言っても、私は願うべきではありませんでした。

無理を通すならば当然、『何らかの対価』が必要になるはずです。

ミヅキお姉様がそのことに気付かないはずはない。そのように愚かな方ではありません。

それを口にせず、あっさりと叶えてしまうミヅキお姉様も凄いのですが……安易に引き受けて良いはずはありません。『妹分の我侭』程度で済ませるほど、簡単な問題ではないのです。

あの時のお父様とお姉様の態度は、状況を正しく理解できているゆえのものだったのでしょう。

……ですが、お姉様は上機嫌で落ち込む私の頭を撫でました。

「偉いわ、自分でちゃんと気付けたのね」

「え？」

「ミヅキは貴女の教育も兼ねて、お願いを聞いてくれたと思うの。だって、今回の一件で当事者となるのはミヅキであって、リリアンじゃないでしょう？」

「はい……」

「だから、よ。貴女は今回、第三者という立場で物事を見て、安易に情に流された決断をしてはいけないと知った。もしもリリアンが当事者だったら、貴女自身に何らかの結果や評価をもたらしたでしょう。それは良いことばかりではない……『傷を負うことなく学べた』のよ、今回は」

「……！」

お姉様の言葉に、私はミヅキお姉様が私のことも考えてくださったのだと悟りました。

ミヅキお姉様自身がサロヴァーラの立て直しに噛んでいる以上、私の成長は計画のうちです。ですが、私自身が成長を望んでいるからこそ、ミヅキお姉様は今回のような『学ぶ機会』をくださったのだと、お姉様は言いたいのでしょう。

私自身、お姉様の言葉に納得してしまいます。あの時のミヅキお姉様は、私自身が意見を口にするよう、促していたようでしたもの。

「本当に……私は恵まれていますね」

嬉しさと少しの情けなさ、それ以上の喜び……そういった感情を滲ませながらそれだけを口にすると、お姉様も頷いてくださいました。

「頑張りましょうね。それが恩返しであり、同時に貴女のためになるのだから」

「はい！」

全ての柵から解かれたアグノス様と、私の道が交わることはほぼないでしょう。ですが、私はア

グノス様が気付かせてくれたものも含め、彼女との日々を覚えておきたいと思うのです。

それもまた、私にとっての『幸運な出来事』だったのですから。

第二話　とある侍女の後悔

——ハーヴィス・王城にて（とある侍女視点）

アグノス様にお仕えしていた者達と共に、突然の拘束を受けた数日後。

拘束された日々を送っていた私は宰相様からの呼び出しを受け、身綺麗にした後、久しぶりに王城の一室に足を踏み入れました。

……いえ、『踏み入れた』と言うより、『連行された』と言った方が正しいでしょう。

現に、私の両脇には騎士達が居り、扉の前にも逃亡を阻止するかのように立っているのですから。

私に向けられる彼らの視線とて、どこか批難が込められているよう。

そんな罪人めいた扱いに、私は内心、憤っておりました。

私は母共々、アグノス様にお仕えしてきたのです。アグノス様が少々『特殊な事情持ち』であろうとも、蔑んだり、忌避めいた言動を取ったりしたことなど、一度もありません。

それなのに、何故。

何故、私はこのような扱いを受けなければならないのでしょうか……？

「不満そうな顔をしているな」

対して、宰相様は不機嫌そうな表情をしていらっしゃいました。私の憤りを悟ったのか、それとも生意気だと思われたのか……どちらにせよ、好意的な様子ではありません。

この方は時折、アグノス様へと言葉をかける程度の繋がりしかないはず。それは王妃様も同様です。私でなくとも、アグノス様の周囲に居た大半の者達がそう証言するでしょう。

……言い換えれば、『私との接点もその程度』。

あちらからしても、私はアグノス様付きの侍女の一人に過ぎないはずです。その認識は間違ってはいないと思います。

「お前は何故、突然拘束されたのか、その理由に気が付いているのだろうか」

唐突に向けられた宰相様の言葉に、私は一瞬、びくりと肩を震わせ。

「……はい。アグノス様が起こされた襲撃事件が原因でしょう」

俯きながら、そう答えました。思い当たることなど、それしかありませんもの。

知らないはずはないのです。現在、王城内はこの話で持ちきりなのですから。

拘束された当初は全く意味が判らず、『何かの間違いだ』と訴えるばかりでした。ですが、日を追うごとにもたらされる情報――アグノス様の起こしたとんでもない事件や、ハーヴィスが現在、立たされている立場といったもの――に、私は仕方ないと思い始めておりました。

私達はずっと、アグノス様のお傍に居たのです。

共犯であると疑われても、仕方のないことでしょう。

ですが、宰相様は私の答えが不満だったのか、益々顔を顰めてしまったのです。

……そう思っておりました。いくら私どもに非がなくとも、疑いの目を向けるのが当然でしょう。

「まるで他人事のように口にするのだな」

「アグノス様のお傍に居たのは事実ですが、此度のことに関わってはおりませんでした。いくら私がアグノス様の乳母を務めた者の娘であっても、それは事実ですから」

『他人事』と言う表現はある意味、正しいのです。母はご側室様に付いて城に上がり、望まれてアグノス様の乳母を務めた者。母を知らぬアグノス様にとって、乳母である我が母は特別な存在であったと、誰もが思っているでしょう。

勿論、娘である私から見ても、そう見えました。時には実の娘である私よりも、母はアグノス様を大事にしていたように思います。

嫉妬するなんて、とんでもない！　私はアグノス様からそのように思われている母が誇らしく、いつかは私も母のような縁を築きたいと思っていたのです。

だって、アグノス様はとてもお美しくてお優しい、素晴らしい姫君でしたもの。

素晴らしい主人に仕えることは、配下となる者にとって喜びです。そう思わせる魅力が、アグノス様にはありました。

いつか私も、ご側室様と母のような関係をアグノス様と。

それが私の願いでした。アグノス様と言葉を交わすことも多かったので、決して私一人の自惚(うぬぼ)れではなく、時が経てばそのようになっていったと思うのです。

それだけの信頼は抱いていただいていると、そう自負しておりました。けれど、次に宰相様から浴びせられたのは侮蔑(ぶべつ)の視線と……思いもよらない言葉だったのです。

「他人事であるはずなかろう！　お前は王族の傍に仕える者を何だと思っているのだ」

「……え？」

「お前は自分を『罪を犯した主を想い、心を痛めている者』だと思っているようだがな、端(はた)から見れば原因の一端を担(にな)っているようにしか見えん」

「そ、そんな！　何故、そのようなことをっ……」

「少し考えれば、判るだろう？　現に、貴族達から『傍に控える者達は何をしていた！』という声が上がっているのだ」

「え……で、ですが、それは……っ」

アグノス様はこの国において絶対者たる陛下の愛娘なのです。乳母の娘でしかない私が一体、何を言えるというのでしょう？

そもそも、そのようなことを口にされていらっしゃる皆様は、アグノス様の抱える事情を本当の意味でご存じありません。

『血の淀み』とは、直接目にして漸く、その異常さを理解できるものなのです。

それをご存じない――間違いなく、その場に居合わせたことなどないでしょう――のに、『傍に居た者達も悪い』なんて！

　私の内心の憤りを察したのか、宰相様は深々と溜息を吐きました。

「いいか、王族は『誰かに命じる側』なのだ。だが、無条件に従うだけが『良き側仕え』ではない。アグノス様の事情もあろうが、お前達は諫めるべきだったと、何故、判らない？」

「……っ」

「お前達の姿は誰の目から見ても、主に従順な『だけ』の者。心酔していると言っても、過言ではなかっただろう？　そのような様を見せ付けていれば、共犯扱いされても反論できまい」

　宰相様の言葉に、私は返すことができませんでした。……けれど、憤る気持ちもあったのです。


　それならば、乳母として最もアグノス様の近くに居た母はどうなるのでしょう？


　母はご側室様の遺言を守り、アグノス様が幸せな人生を送れるよう、誰より努力してきたのです。それは多くの者が知っています。大してアグノス様と関わったことのない宰相様が母の努力を否定するなど、私には許せませんでした。

「宰相様はアグノス様に寄り添おうとした母さえも、否定なさるのですか？」

不敬であることなど、判っています。ですが！　母を始めとする私達がアグノス様に向けた愛情、その忠誠を否定することだけは許せません。

　しかし、宰相様はどこか悲しそうに目を伏せられたのです。

「……お前の母がアグノス様へと向けた愛情を、否定する気はない。そもそも、あやつは遣り方こそ間違っていたが、責任を取る気持ちはあったのだから」

「え？」

「アグノス様の事情を考えれば、そのままお育てするわけにもいくまい。だから、『歪めた』。当然、それが良いことではないと判っていても、乳母にとっては最善だったのだ」

『歪めた』？　宰相様は一体、何を仰っているのでしょう？

「アグノス様もそれを察していたのか、乳母の策に乗った。事実、偽りであろうとも、アグノス様を『お優しい姫君』にはできたのだからな」

「そ、そんな……」

　それではまるで、『私達が知るアグノス様は偽りの姿』と言っているようじゃありませんか。

「お前の母とて、罪悪感がなかったわけではない。今は亡き主の言葉を守り、母を知らぬアグノス様をお守りしたかっただけなのだろうな。だが、お前達との最大の違いは、自分がその責を負う覚悟があったことだ」

「責を、負う……」

「『そのように育てたのは乳母たる己であり、意図的に歪めた』と。見つかった日記にはそう記されていた。お前が少しでも現実のアグノス様に寄り添おうとしていたならば、直接、伝えられたのかもしれないな」

宰相様はそう言うと、私に哀れみの視線を向けました。ですが、私はそれどころではありません。

……やめて。

やめて、そんな視線を向けないで！　私は……私は、アグノス様に寄り添っていたわ！

「お前を呼んだのは、現在のアグノス様の状況を見せたかったからだ。イルフェナから温情で送られた物だが、アグノス様が幸せに暮らしている様が収められている」

「嘘です！」

思わず、私はそう叫んでおりました。

「王女の身分を取り上げられ、この国を追放されて、各国から罪人として見られているのに！　幸せであるはずがありません！」

「……ほう？」

「私達のように、アグノス様を最優先に考える者達すら傍に居ないのです。きっと、そのように見せているだけですわ！」

アグノス様が追放された場に、私は居合わせませんでした。もしも居合わせていたら、何を捨てても付いて行って、今なお、お守りしたでしょう。

その気持ちに嘘はありません。もしも許されるならば、今からでもお傍に行きたいと思っているのです。ずっとお仕えしてきた、大切な姫君ですもの。

「……。まあ、これを見るがいい。少なくとも、安堵はできよう」

「……」

私の返事を待たず、宰相様は部屋に居た魔術師らしき人物に視線を向けました。その視線を受けて一つ頷くと、魔術師は魔道具を操作したのです。

――そして、その映像を見た私は。

「う……嘘……」

それだけを呟き、崩れ落ちておりました。それほどの、衝撃だったのです。
映像のアグノス様は質素な服を身に着け、どこか広い場所で子供達と遊んでいます。時には見守っている大人達にもじゃれつき、頭を撫でられては、嬉しそうにしていらっしゃいました。
……ですが、私が崩れ落ちるほどの敗北を感じたのは、その笑顔。
幼い頃からお仕えしてきたというのに、私はアグノス様にそのような笑顔を向けていただいたことはなく、見た記憶すらありませんでした。

普通の子供のように無邪気で、無垢で、幸せそうな、その笑顔。

いいえ、それだけではありません。私は……アグノス様のお傍にお仕えしてきた者達は、誰もそんな笑顔を向けられたことなどないと、気付いてしまったのです。

何故？　何故なのです、アグノス様！　一体、何が違うのです！

私達はずっと、誠心誠意、お仕えしてきたではありませんか……！

「何故、憤るのだ」

「……」

「裏切られたとでも感じたか？　自分の忠誠が独り善がりであったことを知って、悔しいか」

「……っ……何も、知らないくせに……っ」

向けられた言葉の鋭さに、私は思わず、宰相様を睨み付けておりました。そうするしか、自分を保てませんでした。だって、安易に認めてしまったら……私達の存在が、その忠誠が、アグノス様にとっては何の意味もなかったことになってしまいますから。

……ですが、宰相様が発した次の言葉に、私はその通りだと自覚せざるを得ませんでした。

「何故、喜ばぬ。何より大事な主が、幸せに暮らしているというのに」

「……っ」

「お前は自分がその場に居ないことが悔しいのだろう。『何故、自分達が居ないのに、そのように笑っていられるのか？』といったところだろうな」

その通りでした。どう取り繕っても、私の心を占めるのはアグノス様への憤り。

「亡くなった乳母ならば、自分が傍に居らずとも、アグノス様が笑顔で過ごされていることに安堵したたろう。喜び、周囲に居る者達へと感謝すらしたやもしれん。あれはそういう女だった……だからこそ、ご側室は我が子を託したのやもしれんな。それがお前達との一番の違いだ」

――お前達は忠誠どころか、『【理想の姫君に仕える自分】に酔っていただけ』なのだよ。

「あ……ああああああ……っ！」

映像を見なければ、私はこれまでの自分の在り方を信じていられたでしょう。誰に何を言われても、頑なに信じていられたと思います。

ですが、今となっては、それはもう不可能だと悟ります。自覚せざるを得ないのです。

私は……私達はアグノス様への接し方を間違った。勝手な理想を押し付け、現実のアグノス様を見なかった代償は、アグノス様から向けられる『はずだった』心からの信頼。

「アグノス様はハーヴィスを追放される時ですら、涙一つ零さなかった。……特定のものに強い拘りを持ち、癇癪さえ起こすアグノス様を知っているお前ならば、その意味が判るだろう？」

「アグノス様は……ハーヴィスの誰にも執着していなかった……」

「そういうことだ。乳母が生きていたならば、まだ違ったかもしれないがね」

自分で口にしながらも、その事実に傷つきます。のろのろと顔を上げた先には、アグノス様が幸せそうに過ごす映像。そこには当然、私を含めた傍仕え達の姿などなく。

――アグノス様。私は貴女の特別にはなれなかったのですね。

その事実に、母のことを何一つ理解していなかったことへの後悔に、私は静かに涙を流しました。

ただただ、従順なだけの侍女など、あの方が心を向ける存在には成り得なかった。その事実が、酷く胸に痛かったのです。

第三話　愚か者の末路

――ハーヴィス・王城にて（ハーヴィス王視点）

アグノスがハーヴィスより居なくなって、早一月。

アグノスが起こしたエルシュオン殿下への襲撃事件、そして魔導師による砦陥落による混乱も漸く、落ち着いてきた。

イルフェナとゼブレストは本当に魔導師の提案を受け入れたらしく、かの二国がハーヴィスへと仕掛けて来なかったことが一番の理由だ。宣戦布告は勿論だが、アグノスを始めとする関係者達の処刑などを望まれた日には、事情を知らぬ貴族や民から不満の声が上がったに違いない。

ハーヴィスにとって、魔導師の介入は幸運なことだった……と言うべきなのだろう。

他国の王族を害した以上、話し合いだけで済むはずはない。事実、私と王妃は己の首を捧げる覚悟で、イルフェナを訪れたのだから。

それすらも、こちらが考えられる『最善の行動』であり、二国が納得しない可能性も大いにあった。特に、ゼブレストは王を害されたのだ――謝罪程度で済むはずはない。

アグノスの狙いはエルシュオン殿下だったとはいえ、巻き込まれたゼブレスト王も立派に被害者だ。そもそも、ゼブレスト王に何らかの被害が出た場合、招いた側のイルフェナとてただでは済むまい。

そうならなかったのは偏に、エルシュオン殿下自身が体を張ってゼブレスト王を守ったことと、警備に当たっていた騎士達が一切の言い訳をしなかったからだろう。

私達の知らないところで何らかの取引があったのかもしれないが、少なくとも、イルフェナとゼブレストには何の蟠りもないように思えた。

もしも、二国の間に亀裂が生じていたならば……ハーヴィスは襲撃事件に加え、そちらの責任も追及されていただろう。

そうならなかったことに、私達は酷く安堵した。少なくとも、隣り合った友好国同士の関係に罅を入れることだけは避けられたのだから。

ハーヴィスが何かしたわけではないが、少しだけ気が楽になった。直接の関わりがない国であろうとも、争いの原因となった場合、ハーヴィスは今以上に苦しい立場に立たされることになる。

……。

いや、苦しい立場どころか、『害悪』とすら思われたかもしれない。

そのような意図はなくとも、他国にとってハーヴィスは『友好国である二国の関係を拗らせかねなかった存在』。その事実がある限り、ハーヴィスは『悪』であろう。

元より、ハーヴィスは他国との関わりを避けてきた。ゆえに、ハーヴィスが混乱しようが、危機に陥ろうが、困る国などないのである。


他国に関わらず、自国のみで生きる——言い換えれば、『味方となる国が居ない』ということ。

今回の一件で、それは痛感させられた。他国との関わりを煩わしいと思う一方で、有事の際には誰の助力も得られないのだと。

イルフェナやキヴェラのように一国だけで事を収める気概があり、困難に抗うだけの力があるならばともかく、ハーヴィスでは無理だろう。

少なくとも、私にはその気概も、才覚も、ない。情けない話だが、それが現実だった。希望的観測を口にできるほど、私には余裕がないのだ。

そう実感させられたのが——現在の私の状況だった。

初めはアグノスの居ない日々を嘆きつつも、山場を乗り切ったという安堵が心を占めた。首が繋がったこともまた、そういった気持ちに拍車をかけていた。

……だが、ハーヴィスが今後に向けて動き出すにつれ、私が感じたのは違和感だった。

私自身の仕事に影響が出たわけではない。寧ろ、『以前と変わらなかった』。

王妃や宰相が其々動く気配を見せると、二人が話し合う機会も必然的に増える。

結果として、二人の手足となって動いている者達は忙しく立ち回ることになるのだろう。

『私は何も変わらない』のに？

些細な疎外感はやがて、違和感へと変わっていった。そう自覚せざるを得なかった。

勿論、政の最終的な決定を下すのは、王たる己である。二人がどれほど優秀だろうとも、最高権力者ではない以上、それは変えられない事実。

……だが。

だが、何故、これほどまでに疎外感を感じるのだろうか……？

そう気付いた時、どこか落ち込みながら――私自身が凡庸な人間である自覚はあった――も、王妃へと尋ねていた。

そして。

私は王妃から突き付けられた『現実』に、絶句する羽目になったのだ。

『そう思われるのでしたら、陛下も足掻いて見せれば宜しいではありませんか』

『私も、宰相も、目指す未来は同じではありません。ですが、意見を擦り合わせるなり、協力できることはございます。要らぬ衝突を回避するためにも、情報の共有が必要なこともありますわ』

『陛下の日々に変化がないのは、【陛下自身が変化を望まれない】からではありませんか？』

『此度の一件で、私や宰相だけでなく、現在のハーヴィスに危機感を抱いた者達は一定数居るのです。それを突き付けられた……いえ、【実感させられた】と言うべきでしょうか』

『ですから、手探り状態であろうとも、皆が足掻いているのですわ』

……確かに、私はハーヴィスが変わることなど考えてはいなかった。

だが、現在のハーヴィスの在り方は昔から続いてきたものであり、貴族や民の意識を変えていくのは容易ではない。あまりにも長い時間が経ってしまっているのだ。

そう返すと、王妃は何の温度も感じさせない目で見つめ返してきた。

『でしたら、【変わらぬ理由】を探しなさいませ』

『どちらにせよ、貴族も、民も、此度の一件で不安になっておりましてよ』

『変化を望むならば、【変化が必要とされる理由】を。勿論、これは良いことばかりでなく、危険性も考慮しなければなりませんわ』

『ですが、【変わらない明日】を望むにしても、【そう在る理由】が必要ですわ。はっきり言ってしまえば、どのような選択をしようとも、全ての者を納得させることなど不可能なのです』

『ですが、己の信念に沿って行動することで、同志は得られますの』

『善や悪ではないのです。誰もがハーヴィスの未来を憂い、行動しているだけですわ。複数の正義が存在している、と言った方が判りやすいかもしれませんわね』


私が疎外感を感じていたのは、『私自身が何も考えず、日々を過ごしていたから』。王妃はそう言いたいのだろう。ただ一人、立ち止まったままであったと。

おそらくだが、王妃や宰相と共に動いている者達は、最初から二人と意見を同じくしていたわけではない。二人が行動することによって得た『同志』なのだ。


言い換えれば、彼らは『ハーヴィスの変化を望んでいる』ということになる。


だからこそ、王妃はこう言ったのだ――『【変わらぬ理由】を探しなさいませ』と！

私が『アグノスが私達を必要としていなかった』という事実に打ちのめされている間、王妃や宰相は行動を開始していた。

そこに私が含まれなかったのは、私自身が変化を望んだことがないと、二人が知っていたからだろう。事実、私がハーヴィスの改革を試みたことなど皆無であった。

私自身が取り残されていることに気付かず、王妃に尋ねていなければ、ある日いきなり、実績を伴った改革案が提出されていたに違いない。

苦言を呈するだけでは賛同を得られないと知っている――アグノスの教育において、二人の苦言を私自身が聞かなかった――からこそ、『納得させられるだけの状況を整えようとした』のだ！

……では、『ハーヴィスの変化を望まない者達』は一体、何をしていたのだろうか？

私が気付くくらいだ。王妃や宰相の動きを、誰も知らなかったとは思えない。私が『変化を望まない者』ならば、どうして何も言ってこないのだろうか。

そう言うと、王妃は呆れた目を向けてこう言った。

『……陛下。陛下は【以前と変わらぬ日々】を過ごされているでしょう？　ですから……誰も、何も、言わないのです。動く気がないと、そう思われても仕方ありませんもの』

『ですが、一つだけ御忠告を』

『【何もしないこと】は、【変化を望まないこと】の意思表示にはなりませんわ。何もしないのはただの無関心であり、怠惰以外の何物でもありません』

『先ほども申し上げましたでしょう？　【変わらぬ理由】を探しなさいませ、と。誰もが不安なのです。此度の一件は、長く静かだった水面に投げかけられた一つの石に等しい。どのような未来を望むにしても、納得できるだけの理由を求められているのです』

『そして』

『どのような選択であれ、最終的な決定を下すのは陛下御自身。その責を負うのも、陛下御自身ですわ。その時になって迷われたとしても、それらの責任から逃れることはできませんのよ』

……王妃の言葉に、私は何の答えも返すことができなかった。

これまで散々、王として多くの決定を下してきたというのに、初めて『国の未来を背負う』という現実を突き付けられた気がしたのだ。


その事実に、直面している現実に、私は震えが来るのを止められなかった。

私はきっと、本当の意味で王が背負う重責を理解してはいなかったのだろう。他国の王達が当たり前のようにしていることを、私は理解すらしていなかったのかもしれない。

そして、今更ながらにそれを突きつけられ、己が担うべき責任の重さに恐れ戦いている。

私に都合の良いことばかりを言っていた貴族達は、そんな私の不甲斐なさに気付き、利用していたのだろう。

そうでなければ、今後の方針を相談に来るはずだ。それがないのは……『私自身に、それらを解決することを期待していないから』ではあるまいか。

違うかもしれないし、合っているかもしれない。だが、私に国の今後を問われたとしても、彼らを納得させられる理由なんて思いつかなかった。

そのことに情けなさと……少しの安堵を感じるあたり、私は王としての器ではなかったのだろう。

良き父にはなれず、良い王にもなれはしない。その事実をハーヴィスの者達から突き付けられることこそ、魔導師が私に課した罰だと思えてならなかった。

今更ながらに、あの真っ直ぐな目を思い出す。……かの魔導師が『退位せよ』と望んでくれていたならば、こんな風に思うことはなかったのだろうか。

第四話　たまには秘密のお茶会を　其の一

——それはアルの言葉が切っ掛けだった。

「ミヅキ、姉上がお茶を共にどうかと言っていたのですが、如何ですか？」

「シャル姉様が？」

「ええ。カトリーナ殿のことは姉上の独断でしたから、それについての話もあるかと」

「ああ……まさか、『バラクシンの教会派貴族、その最後の希望を潰してきました』とは言えないものね」

これ、シャル姉様達がヤバいことをした……ということではない。そもそも、『カトリーナに会いたい』とは言ったものの、きちんと最高権力者に許可を得ているのだから。

元より、シャル姉様は外交を担当することもあると聞いている。今回の訪問理由も『魔導師に話を聞いて興味を持った云々（うんぬん）』的な言い方をしたようで、不自然なことはないはずだ。

だって、私はガチでカトリーナを道化扱いしたんだもの。突くと楽しい玩具（おもちゃ）です。

実弟であるアルも参戦していたので、シャル姉様は当時のことを詳しく聞いていたんだろう。

……元側室相手とは思えない扱いをしているけれど、他に言い様がないのよね。

なにせ、高位貴族は自分の地位や人脈、才覚を活かしてなんぼ、という皆様なのだ。単なる政略結婚の駒――血を残したり、家同士の繋がりのためだけに使われる場合――でもない限り、これはどこの国でも同じ。

寧（むし）ろ、それができなければやっていけない可能性とてあるだろう。派閥もあるし、自衛だって必要、貴族同士の蹴落とし合いは世の常じゃないか。

で。

そんな中、王子を産んだことで教会派貴族達の希望となり、その期待を一身に背負っていたのが側室『だった』（過去形）カトリーナ。

教会派貴族達のバックアップも完璧、第四王子とは言え『継承権を持つ王子の母』となったことで立場も安泰という、まさに至れり尽くせりの状態だったのだ。

はっきり言ってしまうと、ここまで好条件が揃っていれば、よほどのことがない限り、カトリーナが追い落とされることはない。

バラクシンは教会派が半数を占めるうえ、本当に信仰を尊いものとしている人達も含まれるからだ。……一概に『教会派は王家の敵対勢力』と言えないのよね。純粋に神を信じる人も居るの。

まして、国民の多くは教会の掲げる信仰を尊いものとして受け入れ、信者達もそれなりに多い。迂闊に教会派貴族達を蔑ろにしようものなら、信者達の反感を買ってしまう。

王家と敵対している教会派貴族達はそこに付け込み、まるで信者達が自分達の味方であるかのように振る舞っていた。まあ、教会派貴族からの寄付で教会は成り立っていたから、ある意味では正しいのかもしれない。事実、聖人様も寄付を盾に取られて、どうしようもなかったみたいだし。

そういった事情もあり、王家は教会派貴族に横暴な態度を取られようとも、ろくなことができなかったのだが。

教会派の希望カトリーナ、彼女は教会派の思惑を粉々にするクラッシャーだったのである……！

何が凄いって、カトリーナ自身にその自覚は皆無なのだ！　冗談のようだが、彼女は本気で『いつか王子様が迎えに来てくれる』と信じており、側室になったことも納得はしていなかった。

そんな想いが根底にあるうえ、カトリーナは自分の立場を『物語に登場するような、健気なヒロイン気質の悲劇の令嬢』と位置付けていた節がある。その結果が、『あの』行動のあれこれ。


今でも自分が恋をしたいと願うのは、『無理やり側室にされたから』。

（※彼女の父親が画策したのであり、王太子……現バラクシン王は全く望んでいなかった）


婚約者以外に恋をしている息子を応援するのは、『理解ある、優しい母親だから』。

（※『味方をする優しい祖父』を演じていたバルリオス伯爵的には、従順な駒にする目的有り）


国王一家に疎まれ、王城で寂しく過ごしているのは『自分が教会派貴族だから』。

（※仕事もせず、王命の婚約さえ蔑ろにした挙句、教会派の利になることをしていないため、どちらの派閥からも呆れられていただけです）


どうよ、この凄まじさ。前向きを通り越して、どう解釈しても道化確定です。まさか、狙ってやっているわけじゃあるまいな？

まあ、そんな暮らしも彼女の息子であるフェリクスが母親の歪さに気付き、思い込んでいた他の家族からの認識も間違っていたと理解したことで、めでたく終☆了。

フェリクスは恋人を妻に望み、王籍こそ失ったけれど、今は教会で穏やかに暮らせている。元々が素直な性格みたいだし、妻共々、王族や貴族といった暮らしが合わなかったのかもしれない。

そして、カトリーナもめでたく（？）側室という立場から解放された。今の彼女は、理想の王子様を探し、素敵な恋を夢見る日々を送る伯爵令嬢（笑）である。

「聞いた時も思ったけど、よくシャル姉様はカトリーナから言質を引き出せたね？　あの人の性格上、クラレンスさんを連れているシャル姉様に嫉妬しそうなんだけど」

カトリーナが私を敵視する理由、それは『素敵な騎士達に愛を乞われる存在だから』！　勿論、事実と異なることは言うまでもない。

なお、『騎士』という言葉からも判るように、素敵な騎士とはアルとクラウスのことだったり。何のことはない、以前の夜会で二人が悪乗りした挙句、カトリーナを煽っただけなのだが……奴の敵意はばっちり私に向いた。さすが自称・夢見る乙女（笑）、単純である。

そんな経験がある私からすると、クラレンスさんを夫に持つシャル姉様は嫉妬を向けられそうに思える。事実、二人は仲睦まじい似合いのご夫婦だ。

何より……クラレンスさん、『近衛の鬼畜』とか言われている性格さえバレなければ、穏やかで聡明そうな美青年だしね。カトリーナの『理想の王子様（笑）』に該当する可能性・大。

「ああ……ミヅキの予想通り、義兄上には多少、興味を引かれたようですよ？」

思い出したのか、アルが笑いを堪えながら頷く。

「ですが、そこは義兄上ですから……。姉上の思惑も察していたようですし、こちらが望む話題への誘導を担ってくれたようです」

「あ、やっぱり興味は示されたんだ？」

「ええ、それは勿論。ですから、姉上は義兄上に求婚された時の状況を踏まえ、『素敵な男性に乞われる幸せを知るからこそ、貴女を応援する』というようなことを言ったらしいですよ」

「あ～……『カトリーナの理想、その成功例』みたいな言い方をしたのか」

「はい。嘘ではありませんし、調べられても問題ありません。ただ、姉上の場合は公爵令嬢という身分だけでなく仕事の功績もあったので、騎士である義兄上は婚姻の許可を得るため、それなりにご苦労されたと聞いています。まあ、義兄上もそれは覚悟されていたようですが」

「騎士が功績を得るための場所って、主に戦場だものねぇ……」

クラレンスさんが優秀であり、将来有望であったとしても、シャル姉様は公爵令嬢。大きな戦もなかっただろうし、身分差を埋めるための功績はそれなりに厳しいものがあったに違いない。

この場合、『高嶺の花』はシャル姉様の方なのだ。努力するのは、シャル姉様を妻にと望むクラレンスさんの方。だから、カトリーナが望むような展開になった。

……つまり、『カトリーナが同じような状況になるためには、シャル姉様並みの高嶺の花になる必要がある』ってことなんだけどね。

まあ、教会派貴族の中には、『側室だった女性』という点を評価してくれる人もいるだろうから、もっと難易度は下がるかもしれないけれど。年齢的なこともあるし、カトリーナが高望みをしなければ、ワンチャンス有りだろう。

「それに、いくらカトリーナ殿でも、自分を応援してくれる人の夫への横恋慕はできなかったのでしょう。彼女が夢見るのは真実の愛のようですから、相思相愛の二人に割り込むことはしないかと」

「……いや、意外と本能で『理想の王子様』から外したかもしれないじゃん」

「まあ、そういった可能性も否定しません」

義兄への認識を否定しないとは、酷い義弟である。思わず生温かい目でアルを眺めると、「義兄上ですから」で済まされた。やはり、騎士の間には色々と恐怖伝説が蔓延している模様。

騎士だからこそクラレンスさんの本性を正しく知っている、ということですね！

「今回は追い詰めると言うより、相手を持ち上げる方法にしたようです。カトリーナ殿ならば、無自覚に失言しそうですし」

「確かに」

「その果てが、『フェリクスを利用しない』という宣言ですからね。彼女は息子を利用している自覚に乏しいですから、余計に誘導しやすかったとか」

「その発想や自覚がなかったから現在の状況になったとか、本当に思わなかったのかな？」

「無理でしょうね……認めてしまえば、『自分は役立たずな上、お荷物だ』と、理解してしまいますから。自分を貶めるようなことは、事実であろうと目を逸らすかと」

あっさりと言い切るアルに、悪意は感じられない。どうやら、単なる事実として話している模様。

基本的に、アルは人嫌いと聞いている。『例外』が居るだけであり、柔らかな口調と穏やかな微笑みのまま、さらっと毒を吐くことも珍しくはない。

そんなアルからすれば、カトリーナは『利用価値のない、夢見がちな女』程度の認識であり、どれほど酷い扱いをしても構わないのだろう。

……。


私もそう思っているけどな。


「それじゃ、シャル姉様に話を聞いてくるわ。どうせ、魔王様から報告書を出せって言われるだろうし、当時の状況を知っておいた方が良いものね」

「お願いします。お茶会という形を取っていますし、宜しければ、お茶菓子などのリクエストを聞いてやってください」

「あら、本当にお茶会はするんだ？」

建前だと思っていたので、少し意外に思う。すると、アルはどこか優越感を滲ませて笑った。

「異世界レシピを使った料理やお菓子が食べられるのは、基本的にここだけですから。義兄上はともかく、やはり令嬢が気安く騎士寮を訪ねるわけにはいきませんので」

「まあねー、そこらへんの気遣いはできるでしょうし」

「あと、先日の南瓜（かぼちゃ）料理を私が自慢したことが原因かと」

「おい」

「いいじゃないですか。珍しい料理と言うか、非常に面白かったもので。ああ、味も良かったですよ。ミヅキの居た世界は遊び心に満ちているものだと、感心しました」

思い出したのか、アルは酷く楽しげだ。その気持ちも判るので、私は無言。『あれ』は初めて見ると、大抵の人は呆気に取られる代物だろうからね。

私が少し前に作ったもの、それは『丸ごと南瓜のグラタン』！

あれですよ、小ぶりな南瓜を丸ごと器にして、中にホワイトソースを絡めた野菜や肉を詰めた一品。個人的には、上に載せるチーズたっぷりが好みです。

バラクシンで南瓜料理を作ってたら、思い出したんだよねぇ……初めて目にした人は驚くこと請け合い。事実、騎士寮面子にも大いに受けた。労力が報われ、私も感無量です。

魔王様も丸ごと出された南瓜に驚き、暫く固まってガン見していたけれど、そのうち楽しく食事をしていたので、問題なし。

なお、レンジの代わりに、野営用の大鍋を借りて南瓜を丸ごと下茹でしたため、通りすがりに目撃した人達は誰もが二度見していた。

ま、まあ、鍋一杯に南瓜が丸ごと茹でられていたら、普通はビビるよね。騎士寮の食事に使うにしても、量が多過ぎだし。

余談だが、どこからか話が漏れたため、何故か、魔王様経由で調理の依頼が来たりした。諸事情により、誰の依頼かは秘密だそうな。

一体、どこに運ばれていったのだろう……丸ごと南瓜のグラタン。お貴族様が召し上がるにしては、かなり遊び心に満ちた代物（※好意的に解釈）だと思うのだけど。

頼むから、解毒魔法などの対策だけはしっかりしてくれと願って止まない。頼まれたから作っただけで、私は無実ですからね……！

「とりあえず、シャル姉様に会ってくるわ。特に用事もないから、私が合わせた方が良いだろうし」

「お願いしますね。姉上なら、今日は午後にエルを訪ねるそうですよ」

「判った」

さて、どんなお話が聞けるかな？

第五話　たまには秘密のお茶会を　其の二

――イルフェナ・王城にて

「あ、シャル姉様発見」

アルの言葉に従い、魔王様の執務室を目指していたところ……あっさりシャル姉様と遭遇した。

この分だと、シャル姉様の方から騎士寮の私を訪ねてくれる予定だったのかもしれない。仕事に戻るなり、館に帰るなりするなら、方向が違うもの。

「ミヅキ様、丁度良かったわ」

シャル姉様も気付いたらしく、笑顔でこちらに足を進めてくれる。そんな彼女に、笑顔で手を振りかけ……一緒に居た騎士ズが、一歩後ろに下がったのに気付いた。

どうした、騎士ズ。何だか、顔が引き攣ってないかい？　そう言えば、目的がシャル姉様と言った直後も、こんな顔をしていたような。

首を傾げるも、まずはシャル姉様への挨拶が優先だ。折角、こちらに気付いてくれたものね。

「こんにちは、シャル姉様。……もしかして、アルから聞いたことについて、ですか？」

「ふふ、勿論よ」

シャル姉様は酷く楽しげだ。カトリーナは相当、面白い反応でもしたんだろうか？

……。


したんだろうな。カトリーナ、素敵な恋に憧れる乙女（笑）という名の道化だし。

誤解のないよう言っておくが、カトリーナは私達が何らかの裏工作をし、道化に仕立て上げているわけではない。私が意図的にそう広めたように思われたりするが、冤罪です。

冗談抜きに、奴は素で、『素敵な恋に憧れる乙女（笑）という名の道化』なのであ～る！

そもそも、かなりの早婚とは言え、結婚できる年齢の子供がいる女性を『乙女』とは言わないだろう。年齢的にも、普通は落ち着いている年頃ですぞ。

……が。

カトリーナはリアルに夢見る乙女だった十代の頃から思考がストップしているらしく、今も『素敵な王子様』――身分ではなく、素敵な男性の代名詞の方――を募集中。

『素敵な恋をしたい！』という願望を抱えたまま大人になってしまったらしく、今なお、己が理想とする恋（笑）に憧れているのだ。

側室ではなくなったことも、カトリーナが願望を再燃させた一因だろう。

何だかんだ言っても、カトリーナは側室だった。この場合、カトリーナとの婚姻を望むならば『功績を立てて、側室であるカトリーナの下賜を願う』という方法しかない。

そういった展開はカトリーナも超絶好みだっただろうけど、残念ながら、希望者ゼロのまま、側室期間は終☆了。

そんなわけで、実家に戻ったカトリーナは日々、素敵な王子様（笑）との出会いを夢見ているというわけ。


普通に考えても、物凄く無理のある展開ですね！

『いい歳をして【王子様】（笑）かよ！』とか、笑われること請け合いです……！

そもそも、バラクシンは現在、教会と王家が手を取り合う方向に話し合いが進められている。

『教会派』なんてものが王家と対立し、一大勢力になっている以上、たやすくカトリーナの願いが叶うはずがない。平和ボケをしている場合じゃないのである。

と言うか、純粋に信仰を尊いものとして考えている一派はともかく、権力争いのために教会を利用していた貴族達からすれば、現状への反発は必至。

……改革が必要とは言え、それなりに荒れるのですよ。少なからず犠牲は出る。

だからこそ、家や利権を守ろうとする人達にとって、脳内お花畑思考なカトリーナと関わることは避けたい事態なのだろう。賢明な判断である。

ただ、『フェリクスの母親』という立場もあるため、カトリーナに嫌われるのも宜しくない。

そんなわけで。

多分、カトリーナは『何となく希望があるような状態』になっていると予想。熱烈な求婚者は居ないけれど、それなりに繋がりを求める人はいる、みたいな？

だからこそ、カトリーナもお花畑な思考回路でいられるんだろうけどね。まあ、彼女はそういった状況を自分に都合よく解釈するだろうから、自己責任ではあるけれど。

「『楽しい人』だったでしょう？　カトリーナは」

「ええ、それに『とても可愛らしい方』だと思ったわ」

シャル姉様は楽しげに笑っている。そんな姿に、『とても可愛らしい方』という言葉の意味を悟った。……あれですね、『様々な意味で【可愛らしい】』（意訳）ってことですね。

「アグノス様は周囲の大人達の思惑を察し、『御伽噺のお姫様』を演じていただけ。だけど、カトリーナ様は、ねぇ……」

「あれは本気で、『素敵な王子様』の訪れを待っていますからねぇ……」

「とりあえず、『ご自分を磨きなさいませ』と助言はしてきたのですけど」

意外なことに、シャル姉様は割とまともな話ができたらしい。少なくとも、カトリーナが望む未来に対し、シャル姉様のアドバイスは間違っていない。

……が。

それ、『カトリーナが愛を乞われるような淑女になるまでにかかる時間』という落とし穴があることを、忘れてはいないだろうか。

何より、私はそれが成功するとは思えなかった。

「いや、王子様云々はともかくとして。現在のバラクシンにとって、身内にああいったお花畑思考の人が居るのは怖いじゃないですか」

ぶっちゃけ、これに尽きる。迂闊に婚約なり、婚姻なりしようものなら、常に彼女の失言に気を配らなければならない気がするもの。

目立つからね、カトリーナ。それに、利用価値が完全に失われたわけじゃないから、周囲も聞き耳を立てているだろう。

身内に居た場合、家の未来が掛かってきますからねー、どの家も関わらないよう必死です。少なくとも、物珍しさや好奇心で迎えることはできなかろう。デメリットが大き過ぎる。

「それはそうだけど。でもね、使いようによっては、それなりに価値を見出せると思うわよ」

「うーん……私個人の考えですが、リスクの方が高い気がします」

シャル姉様くらいの技量があれば誘導が可能かもしれないけれど、一般人には難しい。そこまでの労力を割いてくれる人も稀だろうけど、カトリーナが本当に使える駒になるか怪しいもの。

「あらあら、ミヅキ様にしては弱気な発言ね。まあ、カトリーナ様の努力次第なのでしょうけど」

「私は自分で動いた方が楽だと考えますからね。あと。これまでの経験から、どう考えてもカトリーナには期待できませんし」

「『喧嘩にしかならなかった』と言ってらしたものねぇ」

クスクスと笑うシャル姉様は美しいが、言っていることは私と同レベル。要は『使える駒に仕立て上げる（※当然、その後も補佐が必要）』か、『関わるな、危険』ってことですからね！

ここらへんが私とシャル姉様の立場の違いなのだろう。私は基本的に、期間限定・現場での短期労働になることが多いため、自分で結果を出すようにする。それが求められた役目だから。

と言うか、己の役割を理解し、やる気になっている人ならともかく、『誘導しつつ育てる』ということはしない。面倒だし、責任が持てん。

聖人様や灰色猫のように自分で色々とやってくれる人ならば、先行投資もありなんだけどねぇ
……カトリーナは難しいでしょ。まず、現実を理解できるようにしなければならないもん。

そんなことを考えていると、シャル姉様がちらりと周囲を見回した。

「ミヅキ様、お部屋に入りません？　ここで立ち話というのも、ね……」

「あ。それも、そうですね」

邪魔だし、聞かれては拙い話もできませんね！　そもそも、そのためのお茶会開催でしたっけ。

そのままシャル姉様に付いて行くと、そこからさほど遠くない一室に案内された。

「お仕事をする時に、この部屋を借りているのよ」

「なるほど」

王城だから安全だし、誰かの意見を聞きたい時にも便利そう。役職に沿った部屋も勿論あるだろうけど、ここは『個人的な、ちょっとしたお話』(意訳)をする時に使っているのかもしれない。

「あれ、あんた達は入らないの?」

何故か、騎士ズは扉の前で警備をするかのように立っている。

「俺達はお前の護衛という立場だから!」

「安心しろ、誰も通さない」

「……。あんた達、まさか、シャル姉様が怖いんじゃ……」

「「判っているなら言うな!」」

おい。

ジトっとした目で二人を眺めるも、彼らはそそくさと扉を閉めてしまう。

「あらあら、素直な子達ねぇ」

「シャル姉様、二人に何かしたんですか?」

「直接、何かをしたことはないわ。だけど、彼らは殿下の騎士だもの。私がお仕事をしている時の会話を聞いていても不思議はないわね」

「あ~……そういうこと」

つまり、ヘタレ二人はシャル姉様の『毒』を何度か耳にしてしまったのだろう。それでビビっている、と。

そういや、クラレンスさんのことも怖がっていたしな、騎士ズ。あいつら、基本的に善良な思考をしているから、耐性が低いのかも。

一人で納得していると、シャル姉様は何故か顔を赤らめ、もじもじとし出す。

ん？　んん？　はて、何か言い難いことでもあるんだろうか？

「あ、あのね、ミヅキ様。その、お願いがあるのよ」

「え？　は、はぁ、お茶会で出すお菓子のリクエストか何かですか？　それとも、仕事？」

今までにないシャル姉様の態度に、困惑しつつもそう告げると、シャル姉様は顔を輝かせた。

「そう！　そのリクエストがしたいの！　ミヅキ様、私、『ハンバーガー』とやらを食べてみたいのよ！　他のものだって、事あるごとにアルが自慢してくるんですもの。あの子達ばかり狡いわ！　私だって食べてみたいわ！」

「……へ？」

「だ、だって……今まで、ナイフやフォークを使って頂くものばかりだったでしょう？　勿論、それがミヅキ様の気遣いだということは判っているのよ。だけど、どうしても旦那様達と同じ方法で食べてみたいの！」

「ああ、そういうことっすかー……」

あれですか、育ちの良いお嬢様がジャンクフードに憧れる的なやつ。確かに、これまではサンドイッチでさえ、オープンサンドにして出していましたね。

いや、だって、本物のお嬢様が『手で持ったまま、かぶりつく』なんて食べ方をしてくれるとは思わなかったんだもの……！

さっきの恥ずかしそうな態度は、『ご令嬢・ご婦人にあるまじき食べ方をしてみたい！』ということが原因だった模様。

子供ならばともかく、シャル姉様は淑女である。間違っても、そんな姿など見せられまい。

「あれ？　じゃあ、バラクシンでのことを絡めた秘密のお茶会じゃない？」

「あら、そちらは大して面白味のあるものはないでしょう？　それに、秘密にすることもそれほどないと思うわ」

「……一応、隣国の内部事情が絡んでいるのでは」

「そのあたりの事情は今更だと思うわよ？　以前、ミヅキ様が『お仕事』をしていたじゃない」

「マジか」

それでいいのか、イルフェナ。いや、私が暴れた時点で、『異世界人の動向』的な情報の共有は成されていると思うけど！

「それで、お願いを聞いてくださる……？」

「……魔王様にだけは許可を取らせてください。黙っていると、後が怖いので！」

期待一杯の目で見つめられ、それだけを返す。美女の懇願（こんがん）は破壊力がありますね……！

って言うか、原因、騎士寮で食事する騎士達じゃん！　特にアル！　あんた、シャル姉様にこれ

まで自慢してたわね⁉

第六話　たまには秘密のお茶会を　其の三

――エルシュオンの執務室にて

シャル姉様の『可愛らしいお願い』を聞いた後。とりあえず魔王様の許可を貰うかと、私は魔王様の執務室を訪ねた。

「魔王様ー、シャル姉様から秘密のお茶会をしないかと、お誘いと言うか、お願いが来てるんですけど、許可くださいな」

「ああ、先日のバラクシンでのことを話すのかな？」

「いや、私もそう思っていたんですけどね？　単に、『旦那様や弟達と同じものを食べてみたい！』っていう、可愛い我侭だったみたいです。ちなみにハンバーガーをリクエストされたんですが」

「は……？」

ぽかんとする魔王様は大変珍しい。だけど、そうなる気持ちも判ります。って言うか、ついさっきの私もそうなりましたからね……！

「え、何でそんなことを⁉」

「シャル姉様の話を聞く限り、どうやらアルが騎士寮での食事を自慢していたみたいです」

「え」

「ついでに言うと、クラレンスさんも時々、騎士寮で食べてますからね。それで羨ましくなったと言うか、興味が湧いたみたいです」

魔王様は微妙な表情で黙り込む。あれですね、『アルならやりかねない』っていう気持ちと、『そんなことで？』という気持ちが入り混じっているんでしょうな。

「確かに、ミヅキ提供の異世界レシピを使った料理が出て来るけど……その、気を悪くしないで欲しいのだけど、物によってはあまり貴族向きではない。特に、女性には受けない気が」

「ですよね！」

「……。何故、そんなに力一杯頷くのかな？」

「だって、食材はともかく、問題なのは食べ方なんですもん！」

貴族が身に付けなければならないものの中には当然、『食事のマナー』というものが存在する。元の世界だって、それなりのレストランではテーブルマナーが必須だもの。王族や貴族といった階級では必須事項でしょうよ。

そういった事情を前提にすると、私が作る異世界料理の中には『これはちょっと受け入れられないと言うか、マナー違反かなー？』（意訳）となってしまう物が存在するのだ。

そもそも、騎士寮の食事は栄養バランスや量が重視される傾向にある。凝ったものは手間もかかるし、騎士寮に暮らす人数を考えると、そこまで時間を掛けられないとも言う。

その結果、庶民の料理と言うか、家庭の味と言うか、『美味しくて、栄養が取れれば良し！』的な、お気楽・お手軽な料理が大半なのですよ。受け狙いなら、その時に限定して頑張るけどさ。

だって、庶民だもん。テーブルマナーが必要な食事なんざ、家で作るかよ。

そういうものが食べたかったら、素直に本職の所に行きます。プロの味は偉大なのであ～る！

……そんなわけで。

私が騎士寮で作る物はほぼ、お洒落な感じのものではない。ぶっちゃけ、『味と量が良ければ問題なし！』という、騎士達だからこそ可能だったりする。

騎士達は野営なんかも経験するため、貴族階級出身だろうとも、必要に迫られない限りは割と何でも受け入れる。それに、食堂ではテーブルマナーもそれほど煩くはない。

好き嫌いなし、珍しい物への偏見なし、よく食べ、調理する人達に感謝も述べるという、料理する側からすればありがたい人達なのですよ。

そんな人達だからこそ、私も丸ごと南瓜のグラタンなんかが作れたわけですね！　他でやったら、間違いなくドン引き案件だろうさ。

「シャルリーヌはそういったものを食べてみたい……いや、普段はしない食べ方をしてみたいってことかい？」

「それが理由の半分ですね。後は純粋に、旦那様や弟と同じものを食べたいんじゃないかと」

「うーん……ま、まあ、シャルリーヌは好奇心が旺盛だからね。興味を持っても不思議はない」

魔王様の反応から察するに、イルフェナの女性貴族であっても珍しい考え方なのだろう。特に、シャル姉様のように外交を担う立場だったりすると、食事のマナーなんかは完璧のはず。

そんな美女が『ジャンクフードを食べたい』とか言い出したら、困惑するわな。『秘密のお茶会』という扱いにも納得です。

「だけど、それでいくと……男性は参加不可だよね？」

魔王様が少々困ったように口にする。『護衛が必要』と直接言わないのは、私を監視対象と認識させないための優しさだろう。

勿論、私もそこは気になっていたので、シャル姉様にきちんと聞いておいた。

「……コレットさんが参加してくれるそうです」

「は？　ええと、もしかしなくても、それってブロンデル公爵夫人……」

「ええ、そのコレットさんです。解毒魔法は絶対に必要ですし、私の監視という意味でも、能力的に適任じゃないですかね」

さすがに、魔王様も唖然（あぜん）となった。う、うん、予想外の人選と言うか、根回しの良さだと思います。私も聞いた時の驚きを思い返し、遠い目になってるもん。

『何やってるんですか、コレットさーん!?』と突っ込みましたよ。それでいいのか、クラウス母。

ただ、シャル姉様は楽しげに『あの方だって、好奇心旺盛なのよ』と笑っていた。

それに加え、コレットさんは魔術師として活動することもあるため、こういったことを楽しむ柔軟な思考をお持ち（＝遊び心に理解がある）らしい。

……。

確かに、コレットさんなら普通の公爵夫人よりマナーに煩くなさそうだ。理解ある小母様、という感じ。必要な場ならばともかく、ちょっとしたお遊びの場ならば、その場だけのことと割り切って、見逃してくれそう。

って言うか、すでにメンバーが決まっていたのには驚いたんだよねぇ。後は私を巻き込むだけになっているあたり、根回しの良さはさすがです。

「ええと……コレットさんに私の監視と解毒魔法を担当してもらって、もしも館が襲撃された時は、私とコレットさんが皆さんの護衛役になりますね。他の面子はシャル姉様と、以前お世話になったシャル姉様のお友達だそうです」

「以前世話になった……？」

「あれです、クリスティーナのデビュタントの時！　あの時、シャル姉様と一緒に彼女の護衛紛いを担ってくれた方達だそうで」

……実際には護衛役を通り越し、周囲を圧倒する頼もしいお姉様達だったようですが。

そもそも、シャル姉様からして公爵家の人間なので、そんな彼女に付き合っていける『仲の良いお友達』が、無能であるはずはない。

ここはイルフェナ、実力者の国と呼ばれ、身分に相応しい実力を求められる国。

下手な男など返り討ちにする、素敵なお嬢様（＝女傑）がいっぱいさ。

「ああ、彼女達か。なら、ミヅキに対する偏見もないだろう」

思い出したのか、納得したように頷く魔王様。その姿はどこか、安堵したように見える。

多分、私のことを心配してくれたのだろう。そこそこ馴染んできたとはいえ、異世界人に対する警戒心が完全に消えたわけではない。

私が呑気に暮らせるのは、生活圏内や周囲に、そういった人達が殆どいないから。

その采配をしたのは当然、魔王様だろう。騎士ズが基本的に私と一緒に行動していることを顧みても、その認識は間違ってはいまい。

「そこまで準備されていると、反対はし辛いね。まあ、シャルリーヌ達が言い出したことだし、大丈夫だろう。場所はバシュレ公爵家とかだろう？」

「そうみたいです。アルに送ってもらえって」

弟には送迎だけを任せ、秘密のお茶会には参加不可だそうな。どこの世界でも、姉は強いと知る一コマです。まあ、今回はささやかな意趣返しも含まれていると、私は思っている。

……アルがシャル姉様に自慢しなければ、この計画は立ち上がっていないからね。

多分、アルは後日これまでの仕返しとばかりに、『女性だけの秘密のお茶会をしましたの！』と、上機嫌なシャル姉様から自慢されることだろう。

お互いにマウントを取り合う、微笑ましい姉弟ですね！（笑）
個人的には、旦那様がどちらに付くのか非常に気になったり。

「じゃあ、大丈夫かな。一応、外出扱いになるから、報告書だけは出してもらうけど」

私がそんなことを思い浮かべ、仲良し姉弟にほっこりしているとは知らず、魔王様は許可を出す。

ただのお茶会に報告書が必要というのもあれだが、私の状況を考えると仕方ないのだろう。細かいことの積み重ねと言うか、突かれる要素を徹底的に潰すことで、私の日常は守られているのです。

いくら魔王様経由の『お仕事』だったとしても、私のこれまでの所業を顧みれば、この程度で済んでいるのが奇跡に近い。他国に平気で喧嘩を吹っ掛け、敵（意訳）を撲滅（ぼくめつ）してくる魔導師なんざ、警戒対象扱いが妥当だもの。

元の世界を基準にしても、私にはかなりの自由が許されていると判断できるだろう。この世界的には『最終兵器・魔導師』だもんな、割とマジに。ただでさえ『世界の災厄』扱いなのに。

「了解ですー。じゃあ、シャル姉様に伝えておこうっと」

「はいはい。女友達と遊ぶ機会も少ないだろうし、楽しんでおいで」

苦笑する魔王様だが、私はその言葉に首を傾げた。

「いや、割と遊んでますよ？」

「ん？」

「え、だって、セシル達でしょー、ティルシア達でしょー、それ以外にも性別を問わなければ、各国に遊び仲間は割と居ますって」

魔王様襲撃の報を聞き、駆け付けてくれる人達だっていますよ！　と明るく言えば、私が何を指して『遊んでいる』と言ったのかを理解した魔王様は青筋を立てた。

「それは『遊ぶ』とは言わない！　と言うか、遊び仲間扱いをするんじゃない！」

「仲良く『玩具』で遊んでいるじゃないですか。猫だって、生きたネズミを玩具にしますし、似たようなものですよ」

「玩具じゃない！　仕事を依頼している私が言うのもなんだけど、君が敵認定した人間を玩具扱いするのは止めなさいっ！」

いいじゃないですか、魔王様。玩具で遊んだ後は、結果という『お土産』を持って帰って来るんですから。

第七話　たまには秘密のお茶会を　其の四

——イルフェナ・バシュレ公爵邸にて
「じゃあ、アルはここまでね。ご苦労様」
にこやかに手を振る私に、アルは何とも言えない表情で肩を竦めた。
「姉上にしてやられましたね……」

「いや、原因はあんたじゃん！」

「まあ、それも事実なのですが」

そもそも、シャル姉様がこんな集まり――『秘密のお茶会』と称した『異世界料理を食べる会』を思いついたのは、アルの自慢が原因だ。

基本的に、私がレシピを提供している異世界料理が食べられるのは、私が寝泊まりしている騎士寮のみ。食堂は割と開放されているため、私に縁のある近衛騎士達も食事に来ることはあるけれど、その目的の半分は『異世界人の様子見』（＝監視）だ。

彼らはお仕事も兼ねているのですよ。ただ呑気に、食事を楽しみに来ているわけではない。

魔王様達もそれを判っているため、彼らに私の手料理が振る舞われても気にしない。いくら親しくても、立場に伴った役目は発生するのだ……『信頼してないの⁉』なんてことは言いませんとも。

私は理解ある『できる子』です。

と、言うか。

元の世界にも『親しき仲にも礼儀あり』という言葉が存在するので、多少、意味は違えども、納得できちゃうのよね。

こういった日々の積み重ねが、信頼に繋がっていくのです。それがお仕事に影響することもあるので、監視対象であったとしても不満はない。

……そんなわけで。

割と開放されているように思える騎士寮の食堂だけど、何の目的もなく来る人はあまりいない。

『立ち入り禁止ではないけれど、目的がなければ行くな』という、無言の圧力があるとも言う。

たまに他国の友人達が滞在やお茶をするために騎士寮を使った場合、そこに必ず騎士の姿があるのも当然のことなのです。


『【常に監視されている状態】だから、許されているだけ』なのよね、これ。


後ろ暗いことがなければ何の問題もないし、職務質問紛いをされても困ることはない。オープンな状況だからこそ、可能なのですよ。

食堂ですらそんな状態なので、日頃から親しくしているシャル姉様であったとしても、何の意味もなく騎士寮に来ることは殆どない。

弟であるアルを呼び出すにしても、アルにも仕事があるため、よっぽどの急用でない限りは、先触れを出していると聞いた。

女性貴族が単身、男所帯である騎士寮を訪ねるのは良い印象を持たれないので、こういった手順は貴族令嬢として当然のことなのだろう。

私の場合、私自身が監視対象扱いなので、騎士寮に暮らしている騎士達が監視要員を兼ねているだけである。特例なのです、と・く・れ・い。

……まあ、そんなものがなくとも、女性貴族が騎士寮で食事をすることはなかろうが。

ここは騎士寮、野郎どもの巣窟です。そんな場所の食堂では、お嬢様方がお上品に召し上がるような食事が出るとは限らない。

今回も『ハンバーガーが食べてみたい！』ですからねー……育ちの差をひしひしと感じます。

そだな、私はたまに丸ごとの冷やしトマトをもきゅもきゅと食べているけど、生粋のお嬢様は丸齧りなんてしなかろう。マナー以前の問題です。

そもそも、ハンバーガーのように『大きく口を開けて、かぶりつく』という食べ方なんて、絶対にやらないらしい。

――そんなシャル姉様からすれば、アルから聞く異世界料理は未知の産物。

興味を引かれても仕方がないのに、前述した理由で、騎士寮に食べに行くわけにはいかない。

きっちり躾けられたお嬢様ならではの葛藤です。

それなのに、実弟は嬉々として自慢していたというのだから、性格が悪いことこの上なし。

……。

魔王様があっさり許可をくれたのって、アルの性格を熟知していたからではあるまいな？

「まあ、今回は私も悪かったので、素直に引きましょう。ブロンデル公爵夫人も噛んでいる以上、泣かされる未来しか見えません」

「いやいや、そんなに素直に泣かないでしょ」

「ふふ、ブロンデル公爵夫人が手強いのは本当ですよ？　そもそも、本日の集まりは姉上だけでなく、姉上のご友人達も同席と聞いていますから……」

「ああ、ぶっちゃけて言うと、苦手なんだ？」

「昔から知られているもので……まあ、たやすく流されてはくれない皆様ですね」

なるほど、美しいアルの顔も、甘い言葉も、彼女達には全く通じないから苦手なのか。そりゃ、アルにとっては天敵に等しいわな。

シャル姉様からして、アルを事故物件扱いしているので、ご友人の皆様も似たり寄ったりの認識なのかもしれない。特殊性癖もバレてそう。

「それでは、後ほど迎えに来ますね」

そう告げると、アルは騎士寮に戻っていった。爽やかな微笑みと共に去っていく姿を、私は生温かい目で見送る。


天敵達に会う前に逃げやがったな。


……まあ、いいか。

本日の集まりは『男子禁制・秘密の女子会　～マナーを忘れて、自由で楽しい一時を～』なので、人の目がないに越したことはないのだし。

そもそも、提供予定の料理はほぼできた状態で運んでもらっているため、後は簡単な仕上げと盛り付けのみ。……シャル姉様がハンバーガーをご所望なので、後は組み立てるだけとも言う。付け合わせのポテトは揚げたてが良いので、こちらも後は揚げるだけ。

元の世界では多くの人に愛される『ジャンクフード』と呼ばれる一品です。

料理人の皆様も吃驚（びっくり）の、超簡単料理ですよ……！

一応、できるだけ挟む具材を薄くはしておいた。ただ、パンはそれなりに厚みが欲しいし、何だかんだ言っても数種類の具を挟むので、それなりに大きく口を開けなければならないだろう。

ただ、傍で試作品を見ていた騎士ズは、『食べ応えがなさそうだな？』という感想を漏らしていた。やはり、日頃から食べている彼らから見ると、『薄っぺらい』という印象は免れないらしい。

つーか、騎士寮面子がかなり食べるため、ついつい『口いっぱいに頬張って食え！』的な代物になっちゃっただけなのよね。ボリューム満点のハンバーガーなのです、うちの騎士寮で提供されるのは。

最初こそ、異様に分厚いサンドイッチのような代物に驚いていた騎士寮面子も、今は楽しそうに食べているので、男性、特に騎士のような立場の人達ならば、抵抗なく食べられるみたいだが。

「さて、皆さんが来るまでに仕上げますかね」

そう呟くと、私はバシュレ公爵邸へと足を進めた。

※※※※※※

――バシュレ公爵邸・とある一室にて

そこには全部で十名くらいの女性貴族達が着席していた。その中には勿論、今回の主催である

シャル姉様、そして解毒魔法を担当してくれるブロンデル公爵夫人の姿もある。

「うふふ！　ミヅキ様がお願いを聞いてくれて嬉しいわ」

シャル姉様は上機嫌だ。他のお姉様方も今回の集まりの趣旨(しゅし)を知っているためか、どこかそわそ

わとしているように見える。

そんな彼女達を目にし、私は内心、物凄く申し訳ない気持ちになっていたり。

……。

あの、今回の集まりってハンバーガーを食べるだけなんですが。

何でしょう、皆様の『遠足に行く子供達』的なワクワク感は！

「仕方ないわよ、ミヅキ様。だって、聞いた限り、そのようにして食べる機会なんてないもの」

「ああ、育ちの差ってやつですね」

「女性は男性以上に、マナーを見られる傾向にあるわ。お年を召した方ほど厳しい目を向けてくる

し、家の教育の質も問われてしまうもの」

なるほど、女性の方が厳しい目で見られがちなのか。それならば、この反応も仕方がないのかもしれない。

「ええと、一応、説明しますね。ただ、大きさや厚みは普段騎士寮で提供している物よりも小さく、薄くなっています」

「あら……これでも薄いの？」

「基本的に、成人男性の食事量に合わせているので。大きさと厚みは皿に載っている物の倍くらいはありますね」

そう言うと、お姉様方は一斉に驚いた顔になった。彼女達とて、家族と食事をする。当然、男性も同じ物を食べているはず。

……馴染みがないだろうね、当然。テーブルマナーなんかは男性も同じだろうし。

「主な違いは、中に挟んである物の厚みですから、中身自体が違うということはありません」

そうは言っても、『手で持って、かぶりつく』という食べ方自体が初体験。お姉様方は興味津々ではあるけれど、少しだけ抵抗があるように見えた。


ですよねー！　うん、それが当たり前だと思います！

私もそこが最難関ではないかと思っていた。ゆえに、できる限りの用意はさせていただいたのだ。

「皿に載っている右から『ハンバーガー』、『フィッシュバーガー』、『チキンバーガー』になります」

「まあ、三種類も?」

「折角の機会なので」

嘘でーす。口に合わなかった場合と、食べやすさ、そして好奇心を満たすことを考慮した上での苦肉の策でーす。アルなら、ハンバーガー以外も自慢している可能性があるし。

……まあ、そんなことは言わないけれど。

あ、『折角の機会だから、食べてもらいたい』ってのも、全くの嘘じゃありませんからね⁉

「『ハンバーガー』は薄く焼いたハンバーグの他に、トマト、玉ねぎ、レタスなどが挟まっています。赤いソースはトマトケチャップ……トマトを使ったソースになります」

「これがアルが言っていたものかしら?」

「おそらく。まあ、中身がこれよりも分厚い上に大きいので、印象は違うかもしれませんけど」

「ふふ、そこは私達への気遣いだと判っているから、大丈夫よ」

シャル姉様はとても楽しげだ。コレットさんも興味深げに、皿に載った料理を眺めている。

「次に『フィッシュバーガー』ですが、これは白身魚のフライを挟んだものになります。白いソースはタルタルソースと言って、マヨネーズに玉ねぎのみじん切りやパセリを入れ、酢と塩胡椒で味を調(ととの)えたものです」

「あら、これなら中身が判りやすいわね」

「タルタルソースは割と広めましたからね」

そうは言っても、それはシャル姉様達が騎士寮面子に近い人々だからである。マヨネーズやトマトケチャップはこの世界にないため、私がレシピを提供してから作られたものなので。

あと、この世界は揚げ物もあまりない。これは単純に、食用油の生産量がそこまでないことや、その後の処理方法が確立していないことが原因。

騎士寮でも、黒騎士達に『使用済み油を最後まで使い切りたいから、不純物を取り除いたり、品質維持ができる魔道具ない⁉』とお強請りしたからね。

それをあっさり作れる黒騎士達が凄いのは判るけど、『作ってくれたら、食事で揚げ物出す』で、やる気になるのもどうなんだろう……？　いや、助かるけど！

「最後の『チキンバーガー』は、フライドチキンを挟んだものになります」

「基本的に『フィッシュバーガー』と同じなのかしら」

「そうです。魚か、肉か。ただ、味や食感は違いますけどね。こちらはキャベツの千切りとオーロラソース……トマトケチャップとマヨネーズを混ぜた物が挟んでありますよ」

一応、三種類とも微妙に味を変えてあります。そこまで差がないような気がするけど、初ハンバーガーな人達が相手なので、少しでも馴染みがある味の方が安心だ。

「食べ方ですが、其々に紙が巻いてあるので、そこを持ってかぶりついてください！　あ、食べ始める前に、テーブルの上にある紙で口紅を落としてくださいね。お手拭きも用意してありますし、汚れた手が気になったら、水が入ったボウルで洗えます」

できる限りのことはしてありますとも。ただし、私には『食べている間に気になること』に対する事前準備しかできないけどな！

……。

だって、一番の問題って『食べ方』じゃん？　私にはこれ以上、どうにもできないのよね。

コレットさんが次々に解毒魔法をかけていくけど、予想通り、食べ始める人はいない。興味はあるけど、一番最初にあの食べ方を実践する勇気が出ないのだろう。いくら親しい人達しかいないと言っても、お行儀が悪い食べ方だろうしねぇ。

そんな中、勇気ある人が現れた。やっぱりと言うか、シャル姉様だ。

「温かいうちに頂きましょう。我侭を叶えていただいたのだから、失礼なことはできないわ」

そう言うなり、ハンバーガーを手に取って、口を開け――多分、シャル姉様的には大きく開けた状態――て、一口パクリ。

暫くは手で口元を押さえながら口を動かしていたけれど、徐々に笑顔になっていく。

「……っ、これ、凄く美味しくて楽しいわ！」

飲み込むと、笑顔で感想をくれるシャル姉様。その反応が予想外だったのか、他のお姉様方は呆気にとられた表情で、シャル姉様をガン見。

「『美味しい』は判りますけど、『楽しい』ですか？」

「ええ！　ずっと旦那様達が羨ましかったこともあるけれど、その、何だか少しだけ悪戯をした時のような気持ちになってしまって」

ああ、『ちょっとだけ悪いことをした時に感じる高揚感』とかいうやつですね。

マナーなどガン無視で食事をしてしまったことによる少しの罪悪感と、悪戯が成功した時のような達成感。誰の迷惑になったわけでもないため、普通なら味わうことがない感情を素直に喜んでいるのだろう。

シャル姉様の様子を目にした他の人達もついに手を伸ばし、口にしては、似たような表情を浮かべている。誰もが一様に満足げと言うか、凄く楽しそう。

お、おう、これが『育ちの違い』ってやつですね！　あれ、ハンバーガーって、こんなに感動するようなものだったかな⁉

「あら、美味しいわね」

さらりと紡がれた言葉に視線を向ければ、いつの間にか着席していたコレットさんが嬉々としてハンバーガーにかぶりついている。

他のお姉様方のようにそこまで感情を露にしてはいないけど、こちらも楽しそうだ。って言うか、コレットさんはあまり食べ方に抵抗を感じていないみたい。

「私は若い頃、戦場にいたことがあるもの。だから、彼女達ほど抵抗がないのよ」

「なるほど」

その戦場では、一々、食事を味わって食べることなどできなかったに違いない。だからこそ、コレットさんは今回の催しが別の意味で嬉しいのかもしれなかった。

――『そんな風に感じる時代になった』ってことだものね。何の不安もなく、食に興じることが可能になったってことだし。

――その後。

大変満足したらしいシャル姉様を含むお姉様方の熱心な『お願い』により、この『秘密のお茶会』は定期開催が決定された。

魔王様の許可を取っていないのが気になるけれど、シャル姉様だけでなくコレットさんも希望しているため、間違いなく開催されるのだろう。

そのうち、この『秘密のお茶会』が先行披露となる料理やお菓子が出てくると予想。そうなったら、姉は仲の良い弟へと自慢するのだろう。……かつて弟が自分にしたように。

第八話　お茶会、その後のお話

小話其の一『秘密のお茶会で楽しい一時を』

シャル姉様発案の『秘密のお茶会』は参加者のお姉様方も大満足だったらしく、その場で定期開催が決定された。

……。

ええ、『決定された』のですよ。魔王様の許可を取る前に。

確かに、危ないことではないし、私個人の調理で賄（まかな）える人数なので、特にお仕事がなければ可能だと思う。それに加え、私に女性貴族の味方ができるのはありがたいことなので、こういった場で繋がりを作っておくのも悪くはない。

……が。

あの、私の飼い主は魔王様なんですが。

と言うか、私は異世界人凶暴種とか呼ばれちゃってる魔導師なんですが⁉

え、そんなにあっさり決めちゃってもいいの？　お姉様方、この国において高位貴族とか要職にあたる人達じゃなかったっけ？

いくらコレットさんが居ると言っても、私はぶっちぎりで危険人物扱いされている異世界人。ブロンデル公爵家やバシュレ公爵家はともかく、シャル姉様のお友達のお家の人達には警戒されていると思うんだけど。

そんなことを告げると、お姉様方は顔を見合わせた後、にっこり笑ってこう告げた……『何の問題もない』と！

「いやいや、煩い人には『魔導師と付き合いのある家』って解釈されちゃいますよ。いくら個人的な交流と言っても、信じてくれないでしょうし」

なまじ私が実績持ちだからこそ、裏を疑う人は一定数居るのだ。これればかりはどうしようもない。コレットさんはクラウスのお母さんだし、シャル姉様はアルの姉であることに加え、一緒にお仕事をする可能性もゼロではないので、それなりに説得力はあるだろう。

だが、他のお姉様方が相手では少々、無理がある説明なのだ。私は必要に迫られない限り、社交なんてやらないと知られているもの。

だが、そこは社交界を微笑みと話術で乗り切ってきたお姉様方。

ころころと楽しげに笑うと、「その程度の嫌味しか言えない方なんて、私達とは元から付き合いがないわよ」と言い切ったのだ……！

なお、これは『関わらなくてもいい相手だから問題なし』という意味ではない。

『返り討ちにする自信があるし、家単位で必要のない人だから問題ない』という意味である。

「ミヅキ様、私達もこの国の女性貴族でしてよ。降りかかる火の粉があるならば、火元から消して差し上げますわ」

「お、おう……何という頼もしいお言葉……！」

「うふふ。互いに探り合うのは貴族としての嗜みですもの。そこを楽しみ、時には必要な情報を得、誘導する……。事態の収拾にあたるのは殿方が多くとも、その切っ掛けを作り上げ、舞台を整えることは私達の方が適任だったりするのよ」

「ああ、女性の方が警戒はされにくいでしょうからね」

シャル姉様の言葉に、思わず納得する。……そういえば、公爵夫人のコレットさんも戦場に居たことがある云々と言っていたっけ。

それが事実ならば、女性貴族が戦場に出ることこそ稀であっても、それ以外の案件には女性貴族達が暗躍していてもおかしくはない。

彼女達は社交界の華であると同時に、イルフェナの戦力としての顔も持っているのか。それならば、私に対して過剰な警戒心を抱かないのも納得だ。

ここはイルフェナ、『実力者の国』という通称を持つ実力至上主義国家。

身分に伴った実力を持つことを期待されるという、非常に恐ろしい『お国柄』なので、にこやかに微笑んでいる美女が大人しいとは限らない……ということなのだろう。

うっかり見惚れてお話ししようものなら、情報収集されたり、言質を取られたりすること請け合いだ。間違っても、『ただ楽しくお話しする』という事態にはなるまい。

ただでさえ女性貴族は情報収集がお仕事なのに、この国の女性貴族は潰すことまでやってのけると言うのだから、本当に恐ろしい。綺麗な花には棘一杯、ということですね……！

アルが『彼女達のことが苦手』という言葉を否定しなかったのは、それなりに痛い目に遭ったことがあるか、そういった場面を目撃したことがあるせいだと推測。弟扱いされるから苦手と言うより、同業者的な面があるからやりにくい、という意味も含まれていたんじゃあるまいか。

「だから、殿下は判ってくださるわ。……今後、ミヅキ様と一緒にお仕事をすることがあるかもしれないもの。繋がりがあることは双方にとって良いことだから、何の問題もないわ」

「なるほど」

「ふふ……今後も『色々と』仲良くしましょうね」

――その後。

「君、何でそんなに素直だったんだい」

「いや、何て言うか、逆らっちゃいけないような、妙な迫力があったんですよ」

「ああ……何となく察した」

魔王様への報告の際、このような会話が交わされたのだった。

って言うか、魔王様……貴方(あなた)もそれで納得しちゃうんですね。

※※※※※※※

小話其の二『姉は弟に自慢する』（アルジェント視点）

「それでね、とっても楽しかったの！」

上機嫌で本日の集い――『秘密のお茶会』と呼ばれる、男子禁制の集まり――について語る姉に、ついつい苦笑してしまいます。

親しい者達とのお茶会でさえ、情報収集の場となるのが貴族の常。このように楽しむだけのものなど、滅多(めった)にありません。

今回は『異世界料理をあちらの食べ方で食す』という目的もあり、裏が一切ないものでした。

そういったこともあり、姉達は心ゆくまで楽しめたのかもしれませんね。ミヅキが居ることもあり、真面目な食事会とは程遠いものだったでしょうから。

「随分と楽しんだようですね」

「ええ！」

「私はミヅキの送迎だけだというのに……嫉妬してしまいそうです」

……いえ、この集まりの原因が私ということは判っているのですが。

それでも、こうも楽しそうにされると……ついつい、このように思ってしまうのです。『ミヅキの居場所は我々の傍ですよ』と。

姉上を筆頭に、女性貴族達と友好を深めることは、ミヅキにとっても良いことでしょう。彼女達は独自の情報網を持っていますし、家の力もある程度は行使できますから。

——ですが、それはあくまでも『友好的な人々との繋がり』程度のもの。

ミヅキの飼い主はエルですし、彼女の居場所は騎士寮……エル直属の騎士と同様。ある意味、エルの魔導師と言ってしまっても過言ではありませんので。

「あら、たまにはいいじゃない」

クスリと笑う姉は、どこか意地の悪い表情で笑みを深めました。

「いつもは貴方達と一緒に居るのだもの。たまには女同士、友好を深めたいわ」

「……。友好を深めるだけで済むのですか？」

「あらあら、今のところはそれだけよ」

ジトリとした目を向けるも、姉は楽しげに笑うばかり。そんな姿に溜息を吐いてしまうのも、仕方のないことでしょう。

姉上を筆頭に、今回の集まりに参加した方達は、異世界人であり、同時に魔導師でもあるミヅキに好意的に接してくれています。

異端と恐れ、時には蔑む者もいる中、それ自体はありがたく、良いことだと思えるのです。

……が、しかし。

そこは『猛毒夫婦の片割れ』などと呼ばれる姉上である以上、それだけで済むはずはない。おそらくですが、交わされる言葉の中に色々と仕掛けているはずなのです。

交わされる会話の中で、ミヅキへと知識を与え。

投げかける疑問によって、ミヅキ自身の考えを引き出し。

時には盛大にからかって、自分達が上位の者——所謂、『頼られる側』——であると示し。

そうやって姉達は、彼女達なりの遣り方でミヅキを守ってくれていた。

この世界に来て一年足らずのミヅキがあそこまで他者と渡り合えるのは、彼女の周囲に良き教育者が溢れていたからではないかと思っているのです。

勿論、その成長にはミヅキ自身の努力が欠かせません。ですが、その成長を見守り、鍛えてきたのは間違いなく、エルを筆頭とする『保護者』達でしょう。

『実力者の国』と呼ばれるだけあって、イルフェナは実力至上主義。そして、努力する者を好む傾向にあります。

そんな国に生まれ、自身も努力してきた者達からすれば、己のことなど顧みずに親猫と慕うエルを守っている黒い子猫はさぞ、可愛く映ったことでしょう。

ですから、周囲の者達はミヅキ自身に力を付けさせました。

何も持たぬならば、牙と爪を授けてやればいいのです。それをどう利用するかはミヅキ次第。

それがなければ、ミヅキは魔導師として恐れられる未来しかなかったやも知れません。魔法は圧倒的な強さを他者に見せ付けると同時に、恐れを抱かせるものなのですから。

国への絶対的な忠誠を持つ、『翼の名を持つ騎士』を恐れる者達とて居るのです。魔導師への警戒心はそれ以上と見た方が良い。

今のミヅキが比較的警戒されずに済んでいるのは、姉上達のように警戒心なく接している者達のお陰でしょう。そういった方達は誘導する術にも優れていらっしゃるので、探りを入れてきた者達から、ミヅキへの警戒心を薄れさせていたはずです。

まあ、最も貢献しているのはエルなのですが。

今となっては、『仲良し猫親子』として癒し枠ですからね、あの二人。

「まあ、感謝はしておりますよ。エルもそういった思惑があって、許可したのでしょうし」

少々、拗ねながら肩を竦めれば。

「お姉様に任せておきなさいな」

自信に溢れた笑みで、そう返されました。

……ですが、彼女はさすが私の姉であり。

「『今後はお菓子もリクエストしていい』と、仰ってくださったのよ！　解毒魔法を担当する人がいるならば、お茶菓子やジャネット様達が時々届けてもらっているランチボックスでも構わないのですって。うふふ、楽しみね！」

「姉上、調子に乗り過ぎです」

「あら、私達はお友達ですもの。ついつい、会話が弾んでしまって、そういった流れになっただけよ？　女同士の気安さと言えるのかもしれないわね？」

自慢されるのは、やはり面白くありません！

第九話　招待は突然に　其の一

——それは唐突な拉致だった。

油断していた、と言われればそれまでである。いくらそこがイルフェナ王城の敷地内であり、騎士寮へと向かうまでの僅かな間だったとしても、だ。

「ちょっといいかな」

「へ？」

魔王様の所へ行った帰り、騎士ズと一緒に騎士寮へと向かう最中。唐突に掛けられた声に、私は思わず間抜けな声を上げていた。

いや、だってさぁ……いくら馴染みになった人達が居ようとも、私が異世界人である以上、一定数は未だ、警戒心じみたものを持っているのよね。

だから、騎士寮面子以外で親しくしてくれる人なんてまだ少ないし、私自身の行動範囲も限られている以上、見知らぬ人から声を掛けられるのは珍しいことなのだ。

ただ、そういった状況が悪意からのものばかりではなく、得体の知れない存在に対する警戒心ゆえのものであることも、私は察していた。

これまで私が色々とやらかしていることもあり、騎士寮面子と極一部の人達以外は、ある程度の距離を置いた上でのお付き合いなのですよ。

それが悪いこととは思わない。寧ろ、当然だと思う。

だって、ここは『王城』じゃん？　国の中核とも言える場所ですぞ？

国王陛下を始めとする王族が生活し、国の重鎮と呼ばれる者達が集う場所ですぜ？　警戒なんて、いくらしてもし過ぎることはないだろうよ。

攻撃されれば、国へのダメージは計り知れないし、安易に部外者が侵入できる場所でもない。誰が相手であろうとも、『警戒心を忘れてはいけない』のです、絶対に。

私がいくら魔王様の配下を自称していようとも、あくまでも『自称』。正規の配下ではないわけで。

よって、王城内を歩く場合は、監視兼護衛という名目の騎士の同行が必須というわけ。

まあ、これは元の世界でも当たり前のことだろう。顔見知りだろうと、部外者が皇居とかをウロチョロできないのと一緒です。

……そんなわけで。

今回の『声掛け』は、割と珍しいことだった。視線を向けた先に居たのは、白と黒の衣服を纏った騎士二人。ただし、騎士寮面子に非ず。

勿論、騎士寮にやって来る近衛騎士でもない。つまり、『私にとっては、完全に初対面の人』！

……その割に、私に対して好意的に見えるのが気になるところ。

極稀に貴族が私への探りに来ることがあるけれど、そういった雰囲気もない。騎士ズが驚いていいるだけであることからも、それは確実だ。

危機回避能力搭載の騎士ズの場合、『何となく』でそういった輩が居る道を避けることが大半なので、この二人が私達に悪感情を抱いていないことだけは確かな模様。

ただ……そうなると、わざわざ私に会いに来る理由が全く判らんが。騎士ズも困惑中さ。

「あの、何か御用でしょうか？」

とりあえず挨拶を、とばかりに聞き返せば、二人は顔を見合わせて苦笑した。

「ああ、済まない。警戒させてしまったか」

「こちらが知っていても、君が知っているはずはないものな。我々は君を害する気はないよ」

……へぇ？『害する気はない』ですか。

ただし、それは言い換えると『害する気はないけれど、何らかの用がある』と言っているようなもの。正直と言えば正直だけど、警戒心を抱かせる言い方だ。

「では、どんな御用件でしょうか。私は行動範囲が限られているので、勝手な真似はろくにできないのですけど」

「いや、君は結構な頻度で勝手な行動をとっていなかったっけ？」

「あくまでも『基本的なお約束』なので。当然、例外は有りですよ」

「それって、屁理屈……」

「例外があるだけです。時にはそういった行動こそを求められるので、私的には『それが正しい回答』です。そもそも……仕事を持ってくる人が原因だと思いません？」

言い切ると、二人の表情があからさまに変わった。ただ、それは『思惑がバレた』といったものではなく、『興味深い』と言わんばかりのもの。

その途端、何かを感じ取ったらしい騎士ズの顔が盛大に引き攣った。

「あ、あの！『翼の名を持つ騎士』と呼ばれる方達とお見受けしますが、何か御用でしょうか⁉」

「俺達、ミヅキの護衛と監視を担ってはいますが、何の権限もありません！　できればエルシュオン殿下か、アルジェント殿達に話を通していただきたいと思います！」

……。

模範的なお答えのはずなのに、魔王様達に問題丸投げにも聞こえるのは、何故だろう……？

騎士としての格はあちらが上だろうが、二人がこんな態度を取る以上、身分も上なのかもしれないね。顔は知らずとも、彼らは本能的な部分で何かを察した模様。

騎士ズの危機回避能力は本物なので、ひっそりそんなことを思ってしまう。同時に、騎士ズへと生温かい目を向けていたり。

随分と強かになったじゃないか、二人とも。

『俺達じゃ無理！』からの『権力者様へ丸投げ』かい。

魔王様にビビっていた頃とは比べものにならないほど図太くなった二人にほっこりしていると、声をかけてきた二人は嫌な感じに笑みを深めた。

「ああ、それはこちらから伝えておくよ。だけど、今は……」

「……へ？」

「この子、ちょっと借りていくね」

「「え」」

言うなり、一人――黒騎士の方――が私を抱き上げる。

……そして。

「な、転移魔法⁉」

「ちょ、ちょっと待ってください！」

「はいはい、説明は私がするからね」

そんな声を聞きつつ、私はどこかに転移させられていた。詠唱なしだったので、対処できなかったとも言う。

だが、そう思うと同時に、ふと思い出す。

黒騎士って……魔法特化とか言ってなかったっけ？　ってことは、魔道具か！

これは完全に、気付かなかった私達の落ち度だろう。警戒をするなら、もっと徹底的にすべきだったか。

ただし、無抵抗が正解だったとも思っていた。こんなことをする以上、彼らの『主』から許可が出ていると見るべきだろう。王城敷地内での転移魔法って、絶対にバレるらしいから。

しかも、騎士ズの所に残った騎士は『説明は私がする』と言っていた。そして、『翼の名を持つ騎士』を率いているのは、王族だけだったはず。

つまり、この拉致は『王族の誰かの指示』ってことですね！　私はお呼ばれしたわけですか！

……その割には、着いた先が妙に見覚えがあるような部屋なんだけどさ。

見覚えがあると言うか、同じ構造の場所を知っていると言うか。ぶっちゃけて言うと、騎士寮の部屋と酷似（こくじ）している。

わざわざ構造を変えていないならば、ここは個人の騎士が使用するための部屋――ただし、この部屋自体は空き部屋っぽい――なのだろう。

そんなことを思っていると、私を抱えたまま騎士様は部屋を出て、どこかに向かい出した。……私？　勿論、無抵抗で運ばれていきますとも。

「おや、暴れないんだね」

「貴方達が纏っている服が偽物であり、拉致された場所が王城の敷地内でなければ、暴れたかもしれませんね」

「へぇ、そういう基準からの判断なんだ？」

「あと、ここと似たような場所を知っている……いや、私が生活している騎士寮にそっくりなんですよ。だから、『貴方達の主』の指示かなって」

『貴方達の主』＝イルフェナ王族の誰か。王城の敷地内で転移魔法の許可を出す以上、彼らにとっての『お仕事』（意訳）ってことでしょう。

「だったら、余計に危機感を抱くのでは？　こういった言い方はどうかと思うけど、君に好意的なのはエルシュオン殿下だけかもしれないよ？」

「魔王様に許可を貰っていないっぽいので、その可能性もありますね。だけど、私は使える駒な上、先日は各国の人脈も披露済みです。排除するにしても、無理があるでしょう」

私を排除するならば、『各国の人脈』というものが非常に拙い。アグノスの一件でそれが周知された以上、『いきなり消す』（意訳）という選択にはならないはずだ。

抗議された場合、彼らを納得させるだけの理由が必要になるし、魔王様達だって黙っていないだろう。魔王様は責任感溢れる保護者様なので、国から認められている『異世界人の後見人』という立場がある以上、国の決定であろうとも、無視はすまい。

と言うか、アル達以外の守護役が属する国からも抗議されるため、イルフェナとて、おかしな真似はできないのよね。

そんなことをつらつらと語ったら、騎士様は呆気にとられた表情になった後、笑いだした。

「ははっ！　君、本当に賢いね。この僅かな間にそこまで考えて、判断していたのか」

「親猫様の教育が良かったもので」

「親猫……」

「後見人と言うより、保護者ですしね。他国ではすっかり親猫扱いが定着してますよ。『魔導師関連で困ったことがあったら、親猫を頼れ』って」

「それは納得する」

即座に頷く騎士様。おい、微妙に失礼だな⁉　遠回しに、私のことディスってない⁉

ジトっとした目で見ると、騎士様は「ごめんね……くくっ」と、形だけの謝罪をしてくださった。

そして、ある扉の前で足を止める。

……ん？　騎士寮と構造が酷似しているなら、ここって……。

「さて、ここだ。それから……」

扉を開けた先、そこは私の予想通り食堂だった。

ただし。

この騎士寮に暮らしている騎士達（予想）がほぼ勢ぞろいしている、というオプション付きではあったけど。

「ようこそ、我々の騎士寮へ」

「いや、拉致されただけ……」

「歓迎するよ」

「あの、私のお話聞いて？　拉致！　拉致ですからね⁉　私、被害者！」

私の突っ込みを綺麗にスルーして、室内に足を進める騎士様。当然、皆の視線は私達に集中している。

「すまないね、来てもらって」

「だから、拉致だと」

「細かいことを気にしてはいけないよ？」

隊長格らしい人がにこやかに話しかけてくるけど、拉致したことを恥じてはいないらしい。思わず、私は生温かい目を向ける。

いや、だからさ……説　明　し　や　が　れ　！

第十話　招待は突然に　其の二

――イルフェナ王城・エルシュオンの執務室にて（エルシュオン視点）

執務机に積まれた書類に目を通していると、アルが声をかけてくる。その途端、どことなく目や肩に疲れを感じるのだから現金なものだ。

「エル、そろそろ休憩されては？」

アル曰く『エルは誰かが止めないと、ずっと仕事をしていますからね』とのこと。

苦笑しながら告げられた言葉に、若干、顔を赤らめてしまったことは秘密である。以前の私はそれが当然と思っていただけでなく、『仕事のできる王族であること』を己の存在理由のように思っていたのだから。

アル達はそれを察しており、その必要性も理解できていたことから、さり気なく私に休憩を促して休ませてくれていたのだろう。

もしも、苦言として『仕事のし過ぎ』などと言われようものなら、私は余計に意地になってしまった可能性がある。……私自身、その可能性が高いと思えてしまう。

騎士達はそれを察していたため、色々と気を使ってくれていたわけだ。

……。


情けなく思うことは勿論のこと、気恥ずかしかったのも事実であった。

何が『魔王』だ、周囲の者達の多大なるフォローがあってこその評価ではないか！

『限度の判っていない努力家ですよね、貴方達』などと、アルに言われたのは記憶に新しい。

そう、『貴方達』。

つまり、アル達は私とミヅキを『限度の判っていない努力家』（＝止めなければどこまでも驀進する、暴走系の人間）という、一括りにしたのである……！

顔が引き攣ったのは、言うまでもない。私はミヅキの同類か。

全く褒められている気がしないのは、絶対に気のせいではないだろう。

なお、『止めても止まらず、時には実力行使が必要な、本能に忠実な猫』がミヅキだとか。

ミヅキ自身『眠るのは死んでからでもできる！　やるべきこと（＝報復）が判っているなら、行動あるのみ！　努力と根性と手段を択ばぬ覚悟があればいける！』とかのたまう大馬鹿者。

それで本当に何とかしてしまっているので、アル達からは『あれは過大解釈ではなく、本当に事実を言っているだけ』と判断されたらしい。

日頃を思い出す限り、実に納得できる評価だと思ったのは言うまでもない。さすが、守護役。監視対象の性格を理解できている。

「ああ、そうだね。……やれやれ、どうにも体が鈍っているようだ」

「まあ、それは仕方がないでしょう。襲撃で受けた傷は治せても、削られた体力や体の負荷はどうにもならないと聞いています。エルに必要なのは休息でしたから」

「十分、休ませてもらったよ。あそこまでゆっくりと過ごしたことはなかったからね」

「それでも、訪ねていらした方との面会や些細な仕事はありましたからね。完全に休日と言えないのが、残念でした」

アルは苦笑しているが、それればかりは仕方がないと思う。少なくとも、私のような立場の者であるならば当然のこと。

それでも、随分と休ませてもらったのだ。……あの当時、いくらこちらに有利な状況だったと言っても、イルフェナは始終、慌ただしかっただろうに。

そんなことを考えていると、唐突に執務室の扉がノックもなく開けられた。即座に、アルが私の手前に移動する。

……が。

訝しむ間もなく、室内に転がり込んできた――この表現が正しいと思う――のは、双子の騎士達。しかも、何やら涙目になっているような。

「し、失礼しますっ！」

「殿下、緊急事態です……っ！」

あまりの慌てように、私とアルは顔を見合わせた。この二人の特殊能力、そしてこれまでの実績を知っているため、『何らかの災難』を回避できていない方が珍しい。

「一体、何があったんだい？」

「そ、それが……」

「……私を置いて行くなんて、酷いな」

「「げ」」

聞き慣れない声が割り込むと、即座に双子は顔を強張らせる。……何となくだが、アルも警戒心を募らせているようだ。

だが、姿を現した声の主に、私は困惑することとなった。

「……ファレル？」

「はい。お久し振りですね」

「どうして君が……」

意外な人物の登場に内心、首を傾げる。彼は兄直属の騎士であるため、顔見知りではあっても、私の執務室に訪ねて来ることはほぼないのだから。

アル達が私の傍を離れないのと同じく、彼らもまた、主である兄の傍を離れない。特に兄はイルフェナの王太子なので、私以上に警備は厳しくなっている。その重責を担っているのが、ファレル達なのだが。

こちらの訝しげな視線をものともせず、当のファレルは苦笑を浮かべていた。

「状況的に仕方がなかったとはいえ、随分とこの二人を怯えさせてしまいましてね。私の方から事情を話すと言っているのですが……」

ちらりと視線を向けられ、双子はピシリと固まった。……だが、ミヅキに日々鍛えられている彼らの特殊能力を知っていると、何となくだが察せてしまった。


関わりたくない・嫌な予感＝厄介事の気配。


双子が慌てて私の所に来るくらいだ。詳細は知らずとも、特殊能力が大いに発揮された結果、彼らは少しでも早く、私へと何らかの情報を伝えようとしたのだろう。

そして。

私には一つ、気になることがあった。……気付いてしまった。

「君達、ミヅキと一緒に居たはずだよね。ミヅキは騎士寮に戻ったのかい？」

「「う……！」」

「え」

ちょっと待て。

その反応は一体、どういうことだ……？

嫌な予感を覚えつつ、ファレルに視線を向ける。対して、ファレルは心当たりがあるのか、苦笑したまま肩を竦めた。

「いやぁ……実は、そちらの黒猫を我が寮に招待しまして」

「……？　ミヅキと君達は面識がないよね？　あの子、いくら君達がイルフェナの騎士だったとしても、呑気に付いて行くことはしないと思うけど」

「おや、信頼がありませんね？」

「そうではなくて、『ミヅキは自分が許される行動範囲を知っている』という意味だよ」

「黙って勝手な真似をすれば、エルの責任になりますからね。そういう意味で、ミヅキは勝手な行動をしないのですよ。ファレル殿」

「へぇ……」

私とアルの言い分に、ファレルは感心したような顔になった。まさか、そういう理由で『付いて行くことはない』と断言されるとは思わなかったのだろう。

だが、これは事実だった。ミヅキと懇意にしている人物ならば私達も把握しているし、一声かければいいだけなので、ミヅキも手間を惜しまない。

例を出すなら、先日のシャルリーヌ提案の『秘密のお茶会』だろう。

私の騎士であり、守護役を務めるアルの姉であるシャルリーヌ――勿論、ミヅキとも懇意にしている――相手でさえ、私の許可を取りにきたじゃないか。

『親しき仲にも礼儀あり』と考える『お国柄』らしく、ミヅキは意外とこういうことはしっかりするのである。

……ただし、先日のようにルドルフをメッセンジャーに仕立て上げた上での事後報告、といった小賢しい手を取ることはあるけれど。

「素晴らしい教育ですね。殿下の教育の賜でしょうか」

「いや、元から。そういったことを重要視する『お国柄』らしい」

「ああ、異世界人ですからね、彼女」

うんうんと頷くファレルは、割とミヅキに好意的に見える。だが、私とアルは警戒心を緩めることはなかった。

彼もまた『翼の名を持つ騎士』であり、王太子の直属になれるような人物なのだ。その表情が本心とは限らない。

「でも、残念なことに、すでに招待済みなんですよね」

「「は？」」

意味が判らず、揃って声を上げる私とアル。そんな私達の姿に笑みを深めると、ファレルはにこやかに告げた。

「先ほど、強制的にご招待しました。転移法陣を使いましたから、今頃は我が騎士寮に居ますよ」

「なっ……！」

「ファレル殿、順番が違うのでは？　ミヅキに知らせずとも、まずは後見人たるエルの許可を取るべきでしょうに」

「ふふ、すまないね。だが、その遣り取りすらも見極めよと、我が主が仰せだ」

謝罪の言葉を述べてはいるが、全く悪いとは思っていないのだろう。僅かに聞こえた舌打ちに、アルの苛立ちを知る。

アル達にも言えることだが、彼らのような者は『自分の主』の命が最優先。だからこそ、今回は私への根回しが後になっている。

「なるほど、私が過保護と言われているからこそ、一切のフォローがない状態でミヅキに接したかったと？」

「はい。直接お会いになることができないからこそ、我らに見極めを命じられました。……かの魔導師殿は物騒な噂も多い。イルフェナの王太子という立場である以上、必要なことと判断されたのでしょう」

お許しを、と頭を下げるファレル。彼の言い分も理解できるため、私は咎める言葉を紡ぐことができなかった。

……ただし。

ファレルは私の心配が『何に対して発揮されているか』を、勘違いしているようではあった。

「はぁ……。まあ、いいけどね。勝手な真似をした以上、私は責任を持たないよ」

「ご安心を。責任を持って、そちらに送り届けますので」

「いや、君達が心に傷を負っても責任が取れないって話なんだけど」

「……え？」

微笑んだまま、ファレルが固まった。その機会を逃さず、私とアルは追い打ちをかける。

「そうですよね、ミヅキですから。先日もハーヴィス王を甲斐性なし扱いしていましたし、失礼なことを言わないか保証できません」

「いいじゃないか、アル。我々のフォローがない状態のミヅキに会いたいようだからね？　そのくらいは見逃してくれるだろう」

「そうですよね、見逃していただかなければ」

「いきなり拉致した以上、ミヅキに非はないよ。まあ……折角だからと、何らかの言質を取ってきそうだけど、仕方ないよね」

「それは問題視されないでしょう。そもそも、彼らとて自分の立場がどのようなものか理解できているはずです。『民間人』で『年下の異世界人の女性』に言い包められたとしても、怒れませんよ。自身を恥じるだけです」

「はは、そんな真似をさせないのが『当然』だものね？」

「そうですね、ミヅキの言動に慣れていなくとも、それが当然というものでしょう」

「え、あの、ちょっと……？」

嬉々として言葉を紡ぎ合う私とアルに、ファレルは顔を引き攣らせている。そんな姿に内心、いい気味だと笑ってやる。

「ああ、だから止めた方が良いって言ったのに……」

「殿下や守護役達が居ない以上、あいつが何を喋るか判らないってのに……」

「『だから、慌てて殿下の所に報告に来たのに』」

「……え？　あの子を心配していたんじゃ……」

「『あいつが相手の身分も気にせず、言いたい放題する馬鹿猫だからですが？』」

双子の呟きを聞き、更にはきっぱりと言い切られ、ファレルは更に顔を引き攣らせた。そんな姿に、私は益々溜飲を下げる。

「心配だから、後で私が迎えに行くよ。……ただし、その間の出来事に関しては、私も、ミヅキも、一切の責任を取らないから」

兄に申し訳ないとは思うものの、保護者抜きで接したいと画策した以上、こちら側に非は全くない。ミヅキの性格を見誤っているとしか思えないが、あちらにとってはうちの馬鹿猫を知るいい機会だろう。

そう思いつつも、ろくでもない発言はするなと願わずにはいられなかった。

そもそも、ミヅキは異世界人。常識や価値観が違うことが当たり前。……ミヅキ的には『大したことがない』ものであっても、全く慣れていない者からすれば、精神に多大なるダメージを食らう可能性もゼロではない。

気付けば、アルもいい笑顔でファレルを見ている。勝手な真似をされたため、こちらも今更、ミヅキを諫める気はないのだろう。

「無事に済むと良いね？」

第十一話　招待は突然に　其の三

——イルフェナ・王太子直属の騎士達の寮にて

招待という名の拉致を受けた私は、どこぞの騎士寮に住むお兄さん達に囲まれていた。見た目の年齢的に、彼らはアル達と同じか少し上くらい。ってことは——

「私達はこの国の王太子殿下に仕えているんだよ」

で　す　よ　ね　ー　！

「そんな気がしてました」

「おや、どうして？」

「つい先日、国王様にはお会いしたので。ついでに言うと、ハーヴィス関連の一件において、色々と好きに動きましたからね。そろそろ、警戒されても不思議ではないかと」

何のことはない、『得体の知れない生き物だから、さすがに一度は接触しておきたい』という気持ちですよ。いくら魔王様に従順と自称していたとしても、ハーヴィスの一件では色々と動き過ぎなのです、私。

結果として、『魔王殿下の指示がなくても、勝手に動く』と証明してしまったというわけ。まあ、普通は警戒するわな。人脈だけでも馬鹿にできない面子が揃ってしまったんだから。

しかも、彼らの大半が『魔導師に会いに来た（意訳）』という理由でイルフェナを訪れたため、報告書だけを読むと、まるで私が呼んだように見えることだろう。

……。

私は無実ですよ？

本当に、無実ですからね⁉

彼らに最も警戒心を抱かせただろう、この項目。私は本当に無関係なのであ～る！

……いや、マジで。私は彼らに情報を流すと同時に、『忙しいから、お仕事の依頼しないでね。つーか、ハーヴィスと揉めます♡』と言いたかっただけ。

対して、お手紙を受け取った人達は『情報を得るため』という理由も嘘ではないが、私達を案じてくれたからこそ、個人的な理由をでっち上げてイルフェナに来てくれたのである。

……が、私や魔王様がそこまで彼らに心配される理由を知らない人が大半であって。

結果として、『魔導師に会いに来た』説が有力となり、私が警戒対象に昇格したのであろう。私、イルフェナではそこまでやらかしてないし。

「理解が早くて助かるよ」

「それくらいできなければ、騎士寮面子とお仕事はできませんって」

「あ～……まあ、一から十まで説明が必要な子なら、一緒に仕事をするなんて無理だろうね」

「そもそも、そこまで細かい指示が必要な駒なんて、単独で放り出せないでしょうしねぇ」

納得したような声を上げる騎士様に対し、私もうんうんと頷く。周囲の騎士様達とて、複雑そうにしながらも反論はない模様。

これ、『行動できるか、否か』というだけではない。『自分で考えられるか』というオプションも付く。『状況に応じて、的確な判断ができなければならないよ』ということですな。

例を出すなら、ガニアでの滞在だろう。大まかな目的こそはっきりとしていたけれど、『どうやって最良の決着（＝魔王様が望むであろう決着）に導くか』は、私に一任されていたじゃないか。

良く言えば『私を全面的に信頼しているから、単独で任せた』。

悪く言うなら『私ならばそれが可能と思い込んでいる』。

アル達にとってはそれが普通であり、私も自然とそう動くようになっていたので、無条件に『あいつならできる』（好意的に解釈）と思い込んでいるのだ。ありがたいことである。

ただ、私にとっては『理解ある皆様だな』で済んでも、他者から見ると『なんでそんな真似ができるんだよ⁉』となっても不思議はない。

いくらそれまでの実績があろうとも、普通は無理だと判断する人が大半だろう。現に、私を見つめる騎士様達も複雑そう。

「君、どうしてあっさり受け入れられるのかな？　普通は文句や批難の一つも出ると思うけど」

訝しげ……と言うより、探るような目を向けてくる騎士様。そんな騎士様に対し、私は――

「こちらに来た初っ端から、単独で、絶賛大揉め中のゼブレストに放り込まれたからです」

馬鹿正直に暴露してみた。途端に、騎士様達が唖然となる。

「は……？」

「ルドルフも丁度、味方が欲しかったらしくて。魔王様から『お仕事しておいで』って言われて、派遣です。まあ、成功報酬が私の戸籍やら、味方やら、万が一の場合の逃げ場所確保だったので、ルドルフと私にとっては良い条件だったんですけど。あ、報酬については後から知りました」

あの件で、魔王様が得たものはほぼないだろう。と言うか、ルドルフが個人的に魔王様を頼ったらしいので、当初の私は魔王様の手駒扱いだったはず。

おそらくだけど……あれは魔王様の独断だったに違いない。自分の庇護下にある者としてイルフェナの騎士寮で暮らす前に、私に最低限の守りと味方を付けてやりたかったんだろうな。

イルフェナとしても、そこらへんは察しているはず。ただ、『事情がよく判っていない異世界人を、内部で揉めている国に単独で派遣した』という事実に、驚いたと思われる。

「……。そこに不満はなかったのかい」

「楽しくお仕事していたので、別に」

「い、いや、一応は命の危機だと思うんだけど」

「嘘じゃありませんって！　後宮という隔離された場所で、『ドキドキ☆ドロドロ・女だらけのバトルロワイヤル』な日々を満喫してましたよ。手に汗握る楽しい日々でした」

「……えっと？」

　私の言っている言葉の意味が判らなかった――理解したくなかった、とも言う――らしく、困惑したまま首を傾げる騎士様。私も一緒に首を傾げて、お付き合い。

　ただし、私は楽しき日々を思い出しているので、困惑どころか笑顔だが。

「いや、そこまで付き合わなくても」

「なんとなく」

「そ、そう」

　突っ込みを入れる騎士様にも、そのまま素直にお答えです。ただ、困惑している騎士様が大半なので、もう少し説明が必要なのかもしれないと思い、傾げた首を元に戻して追加説明を。

「知力・体力・時の運を駆使して、殺るか・殺られるかの、緊張感溢れる楽しい日々でした。女同士の蹴落とし合いって男以上に容赦がないので、私もすぐに馴染めましたよ」

　普通、お貴族様達は『裏工作上等・表と裏を使い分けろ！』な状態が大半なのだ。どちらかと言えば、陰湿と言ってしまえる。

対して、後宮騒動の側室達は『負ければ、実家を巻き込んで（物理的に）脱落』と考える人達が多かったので、私も心置きなく実力行使が行なえた。

プライド激高のお嬢様達は存外、凶暴なのですよ。

そんな一面なんて、素敵な男性（笑）には絶対に見せないだろうけどな！

「味方こそ少なかったですが、逆に言えば、周囲は全部敵ってことでしょう？　あと、最初にルドルフから紹介された味方は『それなりに』信頼できるということです。敵が混ざっているなら、そこから叩き出すのもお仕事ですしね」

エリザ……と言うか、アデライドの叩き出しもお仕事の一環だったろう。事実、それを成し遂げたお陰で、エリザ（本物）は今でも私の味方だし。

と言うか、エリザ（偽）が味方ではないと判断することこそ、私の能力を見極める踏み絵になっていた可能性がある。

一言で言えば、『馬鹿は要らない』ってことですね！

まあ、アデライドもか～な～りアレな人だったので、あの程度のお馬鹿に騙されるような奴なら、評価もそれなりだろう。確かに、要らない。

多分、発案は宰相様あたりだな。セイルだったら事故を装ってサクッと殺ってしまうだろうし、私の判断に持ち込んだのは、ルドルフの温情か。

「君さぁ……自分の置かれた状況に、疑問を持たなかったの？」

「当時はそこまでの余裕がなかったんですよ。あ、イルフェナに戻ってきてからは、魔王様に生意気な口をきいたことを謝りましたよ？『私のことを考えてくれたのに、ごめんなさい』って」

ルドルフから報酬のことを聞くまで、そこに思い至りませんでしたもの。気付いたからには、きちんと感謝と謝罪を言いますよ。私はできる子なので！

そう言ったら、騎士様達は何故か、深々と溜息を吐いた。

ええ～……私はお礼をきちんと言える子ですってば！

第十二話　招待は突然に　其の四

ゼブレストでの楽しい思い出――一般的には殺伐とした日々であったとしても、私的には『楽しい思い出』である――を語り終え、次はイルフェナでのこと。

……が。

順番的には、イルフェナでの『あれこれ』だとは思うのですが。

「どうせ、騎士様達が調べ尽くしていると思うので、イルフェナでのことは省略で」

「いや、さらっと流さないでくれないかな……？」

すぱっと切り捨てようとしたら、どことなく疲れた声でストップがかかった。ええ～……いいじゃん、別に。

「必要ないでしょうが、今更」

「何故」

「貴方達が『翼の名を持つ騎士』だからですかね。それくらい調べてあって『当然』でしょう？」

「……！」

言い切ると、騎士様達は沈黙した。そんな彼らの姿に、私の予想は的を射ていると悟る。

「この国の気質を知っていたら、その騎士服が飾りだとは思えませんよ」

「それは君の経験からの言葉かい？」

「勿論」

事実であ～る！　騎士寮面子、性癖やぶっ飛んだ性格はともかく、優秀であることは正真正銘、事実なのだから。完全に、天才と何とかは紙一重……な皆様ですぞ。

例を出すなら、時々お願いしている『他国へ赴く際の玩具やお土産』（意訳）だろうか。

自国ならばともかく、他国の情報や必要な証拠を確保してくるんだぜー……『翼の名を持つ騎士』に恥じない優秀さですよ。『変人多数』という欠点はあるけどな。

「個人的には『特定の分野に秀でるあまり、常識その他が欠如した皆様』だと思っていますが、仕事仲間としてはとても頼りになります！『潰してこい！』とばかりに、いつも私が欲しい玩具（意訳）を用意してくれますし」

「待って？　それは誉め言葉……なのかな？」

「とても褒めてます！　私、馬鹿は嫌い」

いい笑顔で言い切ると、騎士様達は呆気にとられたようだった。対して、私はいい笑顔。勿論、そう思うだけの理由があるのだ。

私に任される『お仕事』（意訳）って、基本的に『柵（しがらみ）のある人達が動けない案件』なのよね。

だから、どうしても処罰に持っていく切っ掛けと言うか、事態を動かすような騒動が必要になってくる。その起爆剤に選ばれているのが、私なのだ。


判りやすく言うと、『得体の知れない魔導師VSお馬鹿さん』勃発（ぼっぱつ）。

互いの持てるカードを駆使して、人生を賭けたデスマッチの開催です。


柵や身分なんて関係ない、負けたら無能評価確定、（社会的に）即退場という状況なので、間違ってはいないと思う。命の危機も当然、有り。

まあ、ともかく。

異世界人であり、魔導師という『異端者』は無駄に目立つため、ある意味では適材適所なお仕事、というわけだ。私としても実績や経験が必要なので、否はない。

「だって、私に求められるのって、『結果』なんですよ？　それも、『仕事を依頼した人が望んだ結果』！　私自身に身分や伝手がない以上、それを補ってくれる人が必要じゃないですか」

「うん、それは判る。その言い分は正しいだろう。だけど、君は些か頑張り過ぎ……と言うか、毎回、それ以上のことをしていないっけ？」

若干、顔を引き攣らせながら『遣り過ぎじゃね？』と聞いてくる騎士様。

それに対し、私の答えは――

「毎回、私個人に喧嘩を売ってくる人が絶えないもので」

だった。

『は？』

「いや、魔導師って『世界の災厄』とか呼ばれているし、無暗やたらと強いことが定説みたいになってるじゃないですか。そのせいか、潰そうとしてくる奴が多いんですよね」

「魔導師、なのに？」

「見た目が小娘なので、『こいつなら勝てる！』っていう、夢を見る人が多いみたいです。まあ、どれだけ貧弱でも魔導師を名乗っている以上、勝てたら『魔導師を倒した』っていう称号が手に入りますからねぇ……カモだと思われるみたいなんですよ」

頭の痛い話だが、実のところ、一定数はこういった輩が居たりする。だからこそ、必要以上に、私に構ってくるのだろう。

なお、アルベルダにはグレンがいるため、割と最初から警戒モードであった。

と言うか、ブリジアス王家の生き残りを抱えていたウィル様が最初に腕試し紛いの提案をしたため、他の人達が仕掛ける必要がなかったとも言う。

その後に仕掛けてきた奴らにはそれらの情報が提示されていなかったみたいなので、アルベルダからは『別に、居なくてもいい』と思われていたと推測。

ウィル様は陽気な親父様だが、意外とこういうことはシビアなのだ。

人当たりの良さと大らかさに騙されると、痛い目を見る典型です。


「……。つまり、イルフェナでは仕事として提示される以外にそういったことがないから、正確な情報収集が成されている、と？」

「それができなければ、この国でやっていけないでしょう？　勿論、魔王様や騎士寮面子達の守りもあるでしょうけどね」

こっくりと頷けば、騎士様達はそれ以上、追及しては来なかった。多分、あちらも深く追及されると詳細を話さなければならなくなるため、さらりと流したい話題なのだろう。

「判った、イルフェナについてはそれでいいだろう。次はキヴェラ……これはセレスティナ姫達の救助、という方向について聞きたいんだけど」

「逃亡旅行のことですか？　それとも、キヴェラ王にゼブレストで謝罪させたり、ボコったことについて？　ああ、キヴェラ滞在中から脱出も逃亡旅行に含まれますかね？」

「……。両方で頼む。と言うか、全部話して」

「了解です」

素直にお返事したのに、騎士様達はお疲れな模様。嫌ですね、さっきから喋っているのは、ほぼ私なのに。

「ええと……発端は狸様……じゃなかった、レックバリ侯爵からの依頼なんですが。私にとってはチャンス到来！　って感じだったんですよ」

「何故かな？」

「ルドルフ達と仲良くなっていたので。どうにも、ゼブレストの状況が不自然だったんですよね。国があそこまで疲労しているのに、側室達の実家が力を持ち過ぎでしたし」

普通、幾度となく繰り返されてきた戦で『国』が疲弊しているなら、側室達の実家もそれなりにダメージを受けているはず。

それなのに、奴らは元気一杯だった。しかも、『国の現状に、不安さえ抱いていない』。そして、割と温情を見せる性格のルドルフにしては、家をあっさり潰しまくっている。

……不審に思って当然でしょうが、これ。

「潰された家……厳しい処罰をされた家には、それなりの理由があったと思うんですよ。だけど、私は部外者のせいか、そういったことは殆ど知らされていないんです」

「他国の人間だからとか、君に必要以上に罪悪感を抱かせないためかもしれないじゃないか」

「そういった意味もあったとは思いますよ？　だけど、ルドルフと仲良くなっていた私としては、もう一歩踏み込んでしまいたかったんですよ」

一言で言ってしまえば、私の勝手である。だけど、折角、私という『使い勝手の良い駒』がいるならば、徹底的に関わらせるべきだろうに。

それが成されなかった理由は……私に対して、彼らが過保護だったからだろう。

これは魔王様も同様。ルドルフの置かれた状況を正しく理解し、その改善――勿論、ゼブレストの立て直しも含む――を望むならば、最後まで関わらせるべきだった。

「魔王様にしろ、ルドルフ達にしろ、己の庇護対象に甘いんですよね。関わらせないように情報を制限するから、私が不自然に思ってしまう」

確かに、あの時点の私ではそういった扱いも仕方ないと思う。だけど、彼らにとっての最優先のためならば、私も巻き込むべきだった。

そういった意味では、守護役達は私に遠慮がない。彼らの最優先が『主』と判り切っている以上、私としても動くことに不満はないし。

「だから、レックバリ侯爵の提案はありがたかったんですよ。私が動く口実になりましたから」

「……」

騎士様達は何とも言えない表情のまま、押し黙る。単なる異世界人ならともかく、私がゼブレストの状況改善を成し遂げた事実がある以上、動くな、とは言えまい。

だって、騎士様達にとっても、私が動くのは都合が良かっただろうから。

方向性はアル達と同じ、ということだろう。異世界人を都合よく使うことを非道と言われようとも、彼らの立場からすれば、どちらを選ぶかは明白だ。

ただし。

私には『悲壮な覚悟』やら『友の苦境を見かねて動く健気さ』なんてものは、欠片もないわけで。

「だからこそ、私は決意しました……『首を洗って待っていやがれ、必ず国単位で貶めてやらぁっ！』と！　元凶を〆る唯一の機会だと思ってましたから、テンション爆上がりです」

『は？』

「だって、貴重な報復の機会ですよ？　あの時点ではキヴェラ側に私の性格とか全く知られていないだろうし、『異世界人だから』っていう理由で誤魔化せるじゃないですか！　さすがに私の行動が予想外過ぎて、他国も魔王様に責任追及なんてできないだろうし」

はっきり言って、グレン以外は予想不可能だったと思われる。ルドルフだって、私の行動が読めてなかったし。

「そう決めてからは、わくわくしながら準備を整えました。『あれもやりたい♪　これもやりたい♪』って浮かれていたら、皆も快く準備に協力してくれましたよ！」

例外が魔王様と騎士ズだけというあたり、私がいかに期待されていたか判るだろう。騎士寮面子は元より、ゴードン先生も協力者さ。

「その、目的はセレスティナ姫の救出だよね……？」

「そうですけど、何故に疑問形？」

「目的がすり替わっているようにしか聞こえなくてね……」

「勿論、最重要項目として覚えていましたよ？　大事な大義名分じゃないですか」

「すでに建前扱いじゃないか……！」

がっくりと項垂れる騎士様。煩いですね。レックバリ侯爵から話が来た時点では、セシル達と面識がないだけじゃなく、彼女達の性格すら判らなかったんです。『大事な大義名分』とでも思っていないと、送り届ける気力すらなくなる可能性もあったので、仕方がないと思ってくださいよ。

と言うか、これはガチ。セシル達が何もできないお姫様だったり、身分に拘る傲慢な性格をしていたら、道中で捨てていきたくなっても不思議じゃないし。

「建前だろうと、ちゃんと考えていましたよ？　普通に助け出したらコルベラに迷惑がかかるだろうから、『姫と侍女の苦境を見かねた魔導師が、二人を問答無用に拉致した』ってことにしようと決めていましたし」

世間を味方に付けるためにも、建前は重要です。私の報復に正当な理由をくれたお礼に、今回の一件ではコルベラに非を持たせまいと決めていましたとも。

そう言うと、騎士様達は複雑そうに顔を見合わせた。

「……。君、不真面目なのか、真面目なのか、本当によく判らないね……」

「何事も全力投球と言ってください」

嘘ではありません。私は超できる子なので、アフターケアも万全にしようと考えますよ！

第十三話　招待は突然に　其の五

さて、続きを語ろうじゃないか。

「で、キヴェラに着いたんですが。どうやって後宮に入ろうかなー、とか考えてたら、あっさり侵入……いや、招待かな？　どっちでもいいですけど、目的のセレスティナ姫の下へと到達。なお、苦労は全くしていません」

「待って？　最初からおかしいからね⁉」

「まあ、いいじゃないですか。誰もが冗談だと思う展開ですが、本当に何の面白みもないんですから。詳しくは報告書を参照、ですよ」

さらっと流せば、顔を引き攣らせる騎士様達。いいじゃん、マジで何もなかったんだから。戦闘どころか、向こうから来てくれましたよ。頼れる侍女・エマが丁度、買い物に出ていたタイミングだったみたいだし。

「そこから二人を拉致するまで、部屋にお世話になったりしていたんですが。マジで！　誰も！　私の存在に気付きませんでした……！」

「ああ、うん、そこは我々も呆れた」

「こそこそしていないどころか、酒盛りとかやったりしてたんですけどねぇ」

「……いや、そこまで自由に過ごさなくても」

さすが騎士様、呆れ果てていても突っ込みは忘れませんか。

「で、結局、『王太子妃逃亡！』というタイミングまで、そこを拠点に活動してました。灯台下暗しとは言いますが、誓約書を奪ったり、キヴェラ王城にちょっとした仕掛けをしたりと、充実の日々でしたよ」

「そこは『真面目にお仕事をした』と言う場面じゃないのかい……」

「そうは言っても、気付かれなさ過ぎて、キヴェラ王敗北の決め手である『王城陥落の小細工』ができちゃったんですよ？　当初からの目的も果たせましたし、私的には嘘偽りなく『充実した日々』ですってば」

嘘ではない。笑いと遊び心に満ちてはいるが、きちんと自分の役目は果たしていましたよ！

そうでなければ、ルーカスによるコルベラでの謝罪とか、セシルの解放が無理だったんだし。

「相手はキヴェラ……もっと言うなら、『あの』キヴェラ王ですよ？　手持ちのカードはいくらあっても困りませんって」

「うん、それは納得する。確かに、その言い分『は』正しい。私が呆れているのは、君の態度と言うか、方向性であってね……」

「人生には笑いが必要ですよ。真面目に生きるだけが全てではありません」

「……」

騎士様、困ってやがる……！

ですよねー！　この一件において、私はガチで先手を打ちまくった（＝目的達成＆嫌がらせ連発）ので、『真面目にやりなさい！』と叱れないのよね。

うん、その気持ちも判るよ。同行してくれた商人の小父さん達どころか、魔王様も困ってたし。

……。

まあ、いいや、次いこ、次。私は頑張った！　それが全て。

「やるべきことを終えたら、その後は商人の小父さん達と合流。セレスティナ姫が黒髪なので、『黒髪の娘』という条件で探す騎士様達にヒントを与えてみたり、自己アピールして目立ってみたりしたんですが、あっさり脱出成功しましたね」

「何故、そんな真似を？」

「こそこそしたって、怪しいだけですよ。寧ろ、イルフェナ出身という設定を活かし、自発的に目立ってみました。勿論、小父さん達には『騎士様に迷惑かけちゃ駄目だろ』と叱られ、生温かい目で見られましたが、逆にそれが良かった模様」

「うん、そうだね……そうだろうね。私達でも、君は愉快犯に見えるかもしれない。……で、本当の目的は？」

「周囲の人達に情報をばら撒くためですね。『王太子妃の逃亡』なんて民間人には他人事ですけど、面白い出来事なら不敬罪に問われず、人々の話題に上がるんですよ」

にっこりと笑って、良い子の回答を。騎士様達が目を眇めるけど、口にしている内容が可愛くないのは承知の上さ。

ただ、これは事実なのである。『王太子妃様が逃げた』と噂をすれば、緘口令や不敬罪が怖いかもしれないが、『面白い子がいた』という方向で話せば誤魔化せる。

話のメインになるのが私の行動なので、ギリギリ引っかからないと言うか。まあ、ちょっとした話題のすり替えだ。

「それに普通、該当者が自分から『私も黒髪です！』ってアピールしないでしょ。誰が見ても、事態を面白がっているようにしか見えませんよ」

「まあ、普通は隠すだろうからね。髪や瞳の色を変えることは可能なんだし」

「なお、小父さんを含め、周囲の気の良い人々からは『お前が姫とか無理だろ。気品ないだろ』と諭されて終わりました。協力者の小父さん達以外からも、私はアホの子に見えた模様です」

「アホの子……」

「人々に一時の笑いと、気が抜ける安堵感をもたらしたと言ってください」

「君、それでいいのかい……」

騎士様達も若干、脱力しているようだ。すいませんねー、緊張感に欠ける逃亡劇で。

「それからは国境付近の砦を落としたり、追っ手を二人と一緒に弄んだりと、楽しく過ごしました。退屈させないとばかりにイベントがオンパレード。その上、蜘蛛……巨大な森護りに遭遇、討伐や村の防衛に協力する突発イベントも発生！　あまりにも楽しい逃亡旅行だったせいか、コルベラに着く頃には、すっかり二人の表情も和らぎましたよ」

私、偉い！　と自画自賛すれば、騎士様達は顔を見合わせる。

「……。まず、キヴェラ国境付近の砦を陥落させた意味について聞きたい」

「『キヴェラを狙っている勢力が居る』と思わせるためですね。まあ、向こうもセレスティナ姫達が自力で逃げられるとは思っていなかったでしょうから、それと合わせて誤認させたかった感じです。警戒されればそちらの問題に人員を割かれて、私達の追手も減るでしょうし」

「ほう、中々に考えられて……」

「なお、半分くらいはキヴェラをコケにしたい気持ちで立てた作戦でした。実際、危機感を募らせる砦の様子を眺め、指を差してセレスティナ姫達と笑いましたよ？『騙されてやがる！　次の襲撃なんてないのに、お・つ・か・れ☆』って」

「ちょ⁉」

面白かったです！　と笑いながら暴露すれば、騎士様達は一気に私をガン見した。

「……。途中までは……途中までなら、凄く納得できたんだけど……」

「でも、これは最初から計画してましたからね。まあ、アルベルダやカルロッサで追い付いてきたキヴェラの馬鹿騎士連中は、キヴェラ王が画策……不要な家ごと処罰したかったみたいだったので、どんな扱いをしても構わなかったでしょうけど」

「一応、聞いておこう。その根拠は？」

「カルロッサから苦情を申し立てた時の、キヴェラの対応の早さですよ。まるで『処罰が最初から決まっていたかのような、手際の良さ』でしたから。あっさり謝罪する姿勢も、ねぇ……」

「……」

「そこで初めて、噂に聞くキヴェラ王の評価が事実だと確信したんですけどね。だから、安堵しました。『色々と仕掛けておいて良かった』って。あの後から色々画策したところで、すでに警戒心を持っているキヴェラ王が騙されてくれるか怪しいですもん」

あの当時は半信半疑だったキヴェラ王の評価だけど、今は確信を持って言える……『キヴェラ王はそこまで甘くない』と。

現在の私の評価は、良く言えば『多くの権力者達に認められている』と言えるだろうが、悪く言えば『警戒対象』なのだ。しかも、私の遣り方はすでに色々と知られている。

……で？　そんな輩を野放しにしてくれるか？

答えは勿論、『否』だ。私の行動自体は読めなくとも、私が有言実行の人と知られている以上、必要以上に警戒し、手を打ってくるだろう。

あの当時、私がキヴェラに勝てたのは偏に『私の情報が全くなかったから』。

キヴェラは常識前提と言うか、これまでの経験前提での行動だったため、対処が全くできなかっただけなのだ。

それを素直に言うと、騎士様は複雑そうな表情で見つめ返してきた。

「君さ、それを私達に言ってもいいのかい？　確かに、私達はイルフェナの騎士ではあるけど、エルシュオン殿下直属ではない。今後、敵対する可能性もゼロじゃないんだよ？」

「その時は、貴方達を出し抜ける策を思いつくまで、ですよ！　人の評価が変化するように、情報や人脈だって増えていくんです。『時間の経過とともに、打てる手は増える』んですよ。警戒対象、上等です。私は勝利して見せますよ」

――まあ、理由なく魔王様がイルフェナの敵になるとは思えませんけどね。

そう締め括って笑うと、騎士様達は何故か安堵したような笑みを見せた。この人達とて、そう思っている……いや、『知っている』のだろう。

当たり前でしょ？　私は『自称・超できる子』であり、『魔王殿下の黒猫』なんだから。……飼い主が望む未来を勝ち取って見せますよ？　自分が悪になろうともね。

第十四話　一方その頃、執務室では

――イルフェナ王城・エルシュオンの執務室にて

「……あの」

微妙な表情のまま、ファレルは目の前の人物に問いかける。そこに居るのは、『魔王』という渾名を持つ自国の第二王子。

その傍で、何～故～か給仕紛いのことをしている騎士とて、この国の公爵子息だったはずである。

――何故、騎士が当たり前のように茶の準備をしているのだろうか？

ファレルの疑問はまず、そこからであった。少なくとも、彼は呑気にお茶を頂きに来たわけではない。事情説明という名の、足止めのためだったはず。

……が。

そんな疑問を抱く方がおかしいのかとさえ思えてしまうのが、今現在の周囲の状況であった。

休憩とばかりに、ソファに移動してきた第二王子殿下。

良い香りの茶葉を用意する、彼の側近であるはずの公爵子息（騎士）。

双子の片方は、かなり大きな猫のぬいぐるみを殿下の隣へと移動させ。

もう一人に至っては、慣れた手つきで、お茶菓子を用意する始末。


……。


当事者であるファレルでなくとも、この光景を見れば大半の者が突っ込むだろう……『あんた達、何をやってるんですか？！』と！

それほどに呑気……いやいや、穏やかな午後の休息と言える一時が演出されている。寧ろ、困惑気味に視線を巡らせるファレルの方が場違いなほど。

「ええと……休憩に入ろうとする時に、ここを訪れた自分も悪いんですけどね？　その、貴方達は一体、何をなさっておいでで？」

微妙に引きつつも声をかけると、彼らは揃ってファレルの方を向く。

「何って……休憩だけど。ああ、勿論、君も一緒にどうかと思っているよ」

「ミヅキが先日、サロヴァーラから良い茶葉を頂いてきましてね。ファレル殿は運が良いですよ。是非、ご堪能ください」

「殿下に仕事をさせないための、見張り兼癒しアイテムを置いてます。ちなみにミヅキ発案です」

「ミヅキが休憩用に、焼き菓子を作り置きしてるんですよ。これはただの休憩用なので、食事代わりにできるほどの栄養価までは考えていないらしいですけど」

「そ、そう……」

次々と返って来る言葉に、ファレルは若干、引いた。そして、こう思った……『いや、何を普通に休憩に入ろうとしてるんですか⁉』と。

勿論、休息を取るのは構わない。ファレルも王族の忙しさを知っているからこそ、寧ろ、適度に休んでいただきたいとは思っている。

……が。

今現在、『魔王殿下の黒猫』と呼ばれる異世界人の魔導師は、王太子殿下の騎士達から強引な招待（意訳）を受けているのだ。こんな事態になれば、普通は心配する。

双子の騎士とて、その招待には難色を示したし、思うことがあるからこそ、ここに駆け込んできたのではないのだろうか。

僅かに困惑している程度に見える表情ながら、実のところ、ファレルは内心、盛大に混乱中である。そもそも、彼の持つエルシュオンに対するイメージは、突然やって来た輩と呑気にお茶をするような、平和ボケしたものではないわけで。

結果として、先ほどの疑問に繋がるのであった。寧ろ、それしか言えなかったとも言う。

そんなファレルの様子を察している――内心の混乱にも気付いているに違いない――だろうに、

エルシュオンは優雅にお茶を楽しむことを促すのだ。

「ファレル、君とて疲れているのだろう？　丁度、私達も休憩に入るところだったんだ。折角だし、君もどうかな」

「あの、そんなことをしていてもいいんですか……？」

自棄になったとは思えないが、正気とも思えない。そんな気持ちで投げかけられた疑問に、エルシュオンは何かを悟ったように、ふっと笑う。


「今更、少しくらい遅れても変わらないさ。……『手遅れ』って言葉、知ってるかい」


「は……？」

「だからね、今更、少しくらい急いだところで、どうにもならないってことだよ」

「いや、手遅れも何も、魔導師殿を心配しているのは殿下達の方なのでは……？」

「心配したところで、起きてしまったことはどうにもならないからね！」

妙にわざとらしい笑顔――ファレルはエルシュオンのこんな表情にも驚いた――で言い切るエルシュオン。すると、今度はアルジェントが苦笑しながら言葉を紡いでくる。

「ファレル殿。人間、諦めが必要なこともあるのですよ」

「え？　いや、それは判るが……この場合、一体、何に対してなんだ？」

「それは勿論、貴方達の浅はかな行動についてですよ。もっと言うなら、ミヅキの言動全般でしょうか。……まあ、そのような行動を取った事情に理解はありますけどね」

さらっと告げられた言葉に、ファレルは益々、困惑するばかりであった。

そもそも、今回は王太子殿下直属の『翼の名を持つ騎士』――彼らもまた、『最悪の剣』と呼ばれる騎士達である――の方が、一人の女性を囲んでいるはずなのだ。

いくら魔導師と言えど異世界人、しかも年若い女性。騎士達から向けられる威圧感や探るような言動に、さぞ心細い思いをしているだろうと、ファレルは思っている。

これはファレルが特別ミヅキを案じているとかではなく、彼らの騎士寮に暮らす騎士達の大半が思っていることだった。つまり、『最初からそのように扱うつもりでいる』。

ゆえに、多少の罪悪感と言うか、申し訳ない気持ちはあるのだ。後でお詫びに何かを贈ろうという話が、自然に出る程度には。

……だが、しかし。

どうにも、エルシュオン達の反応は『可愛がっている子を案じる保護者』には見えなかった。寧ろ、僅かに感じるピリピリとした威圧感は……彼らの怒り、ではなかろうか。

「ミヅキのことはこれまで、報告書を読んでいただけだったのでしょう？　それが今回のハーヴィスの一件で、実際に目にする機会を得た。興味を抱く気持ちも判ります」

うんうんと頷くアルジェント。そんな姿は、彼の言葉をそのまま表しているようだった。

「ですが……そもそも、それが間違いなのですよ。いえ、『最初から間違えている』と言った方がよろしいでしょうか」

「え」

ピシリと固まるファレルをよそに、アルジェントはなおも言葉を続けてくる。

「貴方達が読んだ報告書、エルの監修後のものですから」

「ん……？　話を盛っているとか、そういったことか？」

「いえいえ、そのようなことは致しません。しいて言うなら……ミヅキの言動を常識的な方向に収め、極力、ミヅキのトンデモ思考を省いた物、ということです」

「？」

意味が判らず、首を傾げるファレル。そんな彼の反応を哀れに思ったのか、今度は双子がフォローするかのように言葉を紡ぐ。

「あいつ、超自己中思考のトンデモ娘ですから。それこそ、『気に入らないから潰した』『喧嘩を売られたから買ってみた。超楽しかった！』くらいは平気で言いますよ。砦を平気で落とすし、その事実を利用するんです。今回、ハーヴィスであったこともご存じでしょう？」

「結果を求める行動と、それに伴う理由が間違っているわけじゃないんですけど……何て言うか、それに伴う個人的な感情がろくでもなくてですね。そういったものを省いて、極力まともな報告書に仕上げたものが、ファレル殿達が目にしているものかと」

「いや、それって偽造……」

「嘘は吐いてないんです！　数々の行動と行動せざるを得なかった事情、何より最終的に目指す決着『は』合ってます！」

「ただ、そうするに至った行動理由とか、個人的な感情がろくでもないことばかりなんです！　だから、『異世界人凶暴種』なんて言われてるんですよ！」

「ええ……」

力説する双子に、益々、困惑するファレル。そんな彼らの遣り取りを眺めながら、エルシュオン達はひっそりと笑みを深めるのであった。

第十五話　招待は突然に　其の六

さあさあ、続いていきましょう♪

……。

魔王様の許可なく拉致ったのは貴様らだ。どんな結果になろうと、私に責任はないからね？

「まあ、色々ありましたが、最終的にはコルベラに無事到着」

「待ちなさい。その『色々』が割ととんでもないことだった気がするんだけど」

「『追っ手を返り討ちにした』でいいじゃないですか。そいつらが偶然にも、キヴェラにとって要らない子達だったらしいというだけですよ。……私達から見た限り、ですがね」

「だが、アルベルダやカルロッサからの認識は……」

「似たようなものですって。要らない子なだけあって態度に問題ありですし、私が〆ることが一番、どちらにとっても波風立たなかったんですよ。だって、『魔導師は世界の災厄』でしょう？　そんな公式設定を持つ生き物に喧嘩を売った以上、誰だって同情なんてしませんよ」

アルベルダはウィル様との交渉の結果だし、カルロッサでの出来事に至っては、向こうがろくでなしだっただけである。

私に非は全くない。かと言って、アルベルダやカルロッサがキヴェラに強く抗議することも難しいだろう。甚大な被害が出ていない以上、説得力もない。

そこには所謂、大人の事情……『当時の力関係の差』があるのだから、多少の理不尽は飲み込むべきだ。キヴェラからの報復を恐れ、絶対に一定数は反対する者が出る。

そんな話が出ている中、キヴェラの方が先に謝罪を申し出てくれた。不審に思おうとも、二ヶ国的にはありがたく乗ってしまった方が良い。

魔導師である私が、どのような方法を取ったかは問題じゃないのだ。

世間的に見た場合、『今回は魔導師の方が正義』なのだよ。

第一、それらの愚行が発覚したのは『他国』、それも『キヴェラに良い感情を持っていない国』！

……さっさと非を認めちゃった方が、キヴェラ的にも傷が浅い。下手にごねれば、さらに該当者の悪事を盛られる可能性とてゼロではないのだから。

だから、キヴェラも私の所業は突きようがなかったじゃないか。寧ろ、さくっと処罰して『キヴェラとしてもこいつらの所業は認めません！』と、世間的に示したもの。

つまり、キヴェラが私の行ないを支持したってこと。

まあ、これで抗議なんてしていたら、騎士の質が疑われるけど。


「その後、これまでの報復とばかりに、コルベラでルーカスを〆て。後は保護者付きで、キヴェラへと向かいました」

「しめ……!?　いや、あの、さらっと流さないでくれ……」

「君はセレスティナ姫達と仲良くなっていただろう？　あっさり済ませるのは意外だね」

「元から色々な人がルーカスに同情的でしたし、私も彼の置かれた状況に思うところがありますしね。今となっては友好的な関係を築けているので、特に問題ありません。寧ろ、無事でいろ」

言い切ると、彼らも当時のルーカスが置かれていた状況を知っているのだろう。顔を見合わせながらも、反対意見は出なかった。

ただ……。

「リーリエ嬢の騒動の時のことを報告書で読んだけど……君達にとって、あれが『友好的な態度』なのかい？　悔恨があるようには思えないけれど、その、随分と遠慮がないと言うか」

そこだけは突っ込まれたが。

まあね、私もルーカスも言いたい放題してたし、端から見れば『こいつらの感覚って、どうなってるの？』と疑問に思う気持ちも判る。そんなにすぐ忘れられるものなのか、と。

しかし。

私からすれば、あの当時のルーカスの態度って、そこまで問題視されるものじゃないと思うんだ。

いや、セシル達への冷遇は問題だけど！

「こう言っては何ですが、ルーカスの起こした問題って、『親の決めた結婚相手への冷遇』だけですよね。それを咎めたら、結構な数の王族や貴族も同じじゃないですか」

「まあ、それはね。政略結婚が多い階級だと、納得できないことも多いし」

「あと、最も重要なことですが。ルーカス、お馬鹿じゃないですよ。やろうと思えば、自分が持つキヴェラ王家の血を取引材料にして他国と手を組む……なんて真似もできたでしょ。でも、やってないんです。セレスティナ姫の問題は遅くきた反抗期って感じですよ」

「思いつかなかっただけでは？」

疑惑の視線を向ける騎士様に、私は首を横に振った。

「リーリエ嬢の時のルーカスの立ち回りや察しの良さを見ていたら、その可能性はないでしょう。事実、あの時、私の傍に居た人達は私達の遣り取りを目にし、ルーカスへの評価を良い方向に改めていました。はっきり言って、馬鹿には無理です」

ルーカスの対抗馬が『狡賢い』評価のリーリエ嬢と言えば、理解してもらえるだろう。彼女、自分の立場や言葉がどういった方向に作用するかは考えられても、状況を覆すような一手は打てなかったのだから。

「ちなみに、私はルーカスから『お前の性格は最悪だが、能力だけは評価できる』と言われてます。親しさを演出することと揶揄うことが目的で『ルーちゃん』呼びをしていますが、今後のことを想定した結果、許されてますよ。自分よりも国優先、相手の能力も認めることができる子です」

「……。君は随分とルーカス様を認めているんだね」

「認めていると言うか、今までが不憫過ぎでしょう。そもそも、『あの』キヴェラ王を比較対象にされ、『出来が悪い』とか言われていたんですよ？　グレるでしょ、そりゃ」

寧ろ、それを言われた日には、各国の王達だって困るだろう。父と比べるのは当然としても、『比較対象が悪過ぎる』。

普通じゃないのよ、あそこの父子！　『戦狂い』と呼ばれた先代をその勢力ごと倒し、国を立て直した天才が比較対象とか、嫌過ぎる……！

だいたい、『キヴェラ王より優秀』もしくは『同じくらい優秀』といった評価を貰える奴って、この大陸に何人いるのさ？

それを聞かれたら、大抵の奴は困るぞ？　自国の王族・貴族を顧みても、楽観的なお返事はできまい。少なくとも、『戦狂いが猛威を振るった時代を生きていた人達』は。

だって……『戦狂い』の恐怖は、ある程度の年齢の者なら皆、知っているのだから。

下手なことを言えば、当時を知る人達にボコられます。『貴様は軽く考え過ぎだ！』と。

なにせ、『戦狂い』を他国がどうにもできなかったからこそ、自国の恥を雪ぐ意味も兼ね、現キヴェラ王が動いたのだから。

ある意味、最悪な『人災』ですよ。そんなものを内部から仕留めたのだ……この件だけは、現キヴェラ王――当時は王太子――の英断に、各国から拍手喝采だったろうさ。


自分の命を守りつつ己が勢力を整え、『戦狂い』と『その配下達』を討ち取ったのだ。

すぐ傍に奴らが居ることもあり、それがどれほど難しいかは誰でも察することができる。


「そこらへんのことをキヴェラ王や側近の皆様に伝えたところ、盛大に落ち込みました。まあ、側近達の落ち込みは当然ですよね！　キヴェラ王に従っただけのくせに、自分の息子と同年代の子を『出来が悪い』なんて評価していたんですから」

「え」

「私からすれば、『お前らに文句を言う資格はない』ってだけなんですよねぇ……リーリエ嬢を断罪した夜会の時、ルーカスを批難していた人達は何もしていなかったし。ああ、連中の御子息達は今後が大変でしょうね。絶対に、父親に付随する形で、ルーカスを悪く言っていたでしょうから」

ルーカスの評価って、あくまでも『キヴェラ王と比較した場合』なのよね。だけど、同年代の子達と比較した場合、同じ評価であるはずがない。

事実、リーリエ嬢の一件の際、彼女を庇うなり、ルーカスを宥めるなりしてくる奴はいなかった。

いくら事前に役割分担がされていようと、キヴェラ側では実質、ルーカス一人がキヴェラ王登場（＝とどめ）まで持っていったと言えるのだ。

「馬鹿が馬鹿なことをしても平常運転ですが、『無能な働き者』とか『自称・忠臣』、『方向性の間違った真面目』って、厄介ですよね。自分が正しいことをしていると思い込んでいるから主張を変えませんし、対処する側も躊躇する」

「馬鹿……平常運転……」

「馬鹿には誰も期待しないし、道化として見られるか、捨て駒扱い程度じゃないですか。本当に有能な人は情勢を読めるし、軽率な行動を取ったりもしませんよ。当事者でない限り、第三者的立場で冷静に状況を見極めようとすると思います」

……キヴェラ王やウィル様の凄いところって、これを当事者にも拘わらずやってのけるところなのよね。カルロッサの宰相閣下も割とそんな感じ。

ティルシアを含めたその他の人々がここに含まれないのは、各自、地雷とも言える要素が存在するからである～る。ぶっちゃけて言うと、個人的な感情のままに動いてしまうところがあるのだ。

ティルシア、リリアンが関わると一気に感情的になると言うか、凶暴性が増すんだもの。しかも、本人が全く恥じていない。

冷静さこそ失ってはいないけれど、『どうやったら効果的に苦しめられるか』という方向に発想が振り切れるため、大惨事になること請け合いです。女狐様、少しは自重しろ。

「そんなわけで！　今現在の姿を見る限り、ルーカスはお馬鹿じゃないですよ」

「な、なるほど。君なりに、これまでの経験が前提となった評価なのか」

騎士様達も漸く納得できたのか、この話題をこれ以上、引き摺ることはなさそうだ。そんな彼らを見ながら、私はひっそりと『ある友人』を思い出していた。

まあ、ルーカスへの支援じみた行ないって、多少はエレーナのためでもあるんだけどさ。

この人達相手に、そこまで言う必要はないだろう。他には使い勝手の良い玩具……じゃなかった、サイラス君への見返りだ。

何だかんだ言いつつ、サイラス君はいつも非常に良い働きをしてくれる。『魔導師からの手紙を携え、キヴェラ王の下に全力疾走する騎士』なんて、奴くらいだろう。

……。

そろそろ城の名物になっていそうだが、キヴェラ王のお役に立ててるならば、今後も許してくれるに違いない。サイラス君はそういう子。

「そんな凄い人であるキヴェラ王をぶん殴り、復讐者・ゼブレスト双方に謝罪させたので、あの一件は私の中で片が付いています」

「……」

私、頑張った！　と清々しい笑顔で胸を張れば、騎士様達は複雑そうな表情で黙り込む。

まあ、そうですね。その気持ちも判ります。

だって、これまで彼らがキヴェラに対し、何もやらなかったとは思えない。イルフェナは腑抜けじゃないのだ。それでも、キヴェラ王を謝罪させることは不可能だったのだから。

真面目にやった奴が失敗、もしくは力の差を突き付けられて絶望したのに、自分が楽しむ方向に振り切った奴が報復成功するとか、屈辱ですよね……？


なにせ、私は自称・最高のエンターテイナーとして、皆様に胸の空く話題を提供しただけである。

別に、キヴェラ滅亡なんて願ってないいやい。

はっきり言ってしまうと、レックバリ侯爵からの依頼に『大国に謝罪させたい』＆『大国をコケにしたい（重要）』という、自身の望みをプラスした結果、ああなっただけ。

真面目にキヴェラを警戒し、いつか報復をと願っていた人々からすれば、予想外を通り越して喜劇である。それまでのキヴェラの所業を聞く限り、喜ぶ以前に虚しさのあまり、泣いた人とかが居ても不思議じゃない。


元気出せよ、人生なんてそんなものだ。世の中は理不尽で一杯さ。

元の世界でも、大真面目に恐怖を追求したものより、コメディ方向に振り切ったホラーの方がウケるとかあるんだし！

「ええと……じゃあ、最後に聞かせてくれるかな。君、キヴェラ王城を崩そうとしただろう？　崩壊のさせ方は聞いたけれど、どうして怪しまれなかったんだい？」

疲れたような騎士様はそれでもお仕事に忠実らしく、私にそれだけを聞いてきた。

それに対し、私の答えは――

「え、真面目にお仕事していたからじゃないですかね？」

だった。

「は……？」

「後宮からのお手伝い、という名目だったので、元から顔が知られていなくてもある程度は大丈夫だったんですよ。そこに加えて、後宮に居た侍女って、寵姫(ちょうき)だったエレーナの機嫌を取ったり、ルーカスに媚(こ)びたりする奴らばっかり。おそらくですが、私以前に似たような状況で派遣されてきても『使えない奴』認定でもされていたかと」

「ええと……？」

「あの当時って、ルーカスの行動が問題視されていたじゃないですか。だから、本当に有能な人は監視とかを担っていて、最終的には、ルーカスに気に入られようとして勝手な行動をするような輩とか、行動されても抑え込めるような奴しか後宮に居なかったと思うんですよ」

当時のルーカス君は絶賛反抗期中の問題児である。その問題児が警戒すらしない奴ばかりだったからこそ、エレーナもセシルも無事だったんじゃないのかね？

だって、『できる侍女』ことエリザやエマって侍女の仕事だけじゃなく、護衛は勿論のこと、指示を出されれば単独で動くことも可能じゃないか。

そんな侍女がキヴェラ王から派遣されていたら、ルーカスはもっと警戒していたはずだ。エレーナの身が危ういし、セレスティナ姫に対する扱いだってバレる。


なお、そんな状況だからこそ、私が付け入る隙があったことは言うまでもない。


「使えない奴より、真面目に仕事をする子が好印象を持たれるのって、よくあることですよね」

「それを利用しなければ……いや、裏がなければ、微笑ましい場面かもしれないね」

「働くのは嫌いじゃないですし、割と楽しかったですよ？　……『若くて小柄なのに、よく働く』って褒められましたし、特別にお菓子も貰いました」

「それ、働き始めた子供が頑張っているように見えただけじゃ……？」

「平均身長の差と童顔の勝利と言ってください。私は成人しています！」

「うん、そうだろうね。子供は人からの好意を逆手に取って悪事を働かないと思うよ」

「見た目は愛らしいのに、何という邪悪な子猫だ……」

騎士様達は口々に『それってどうよ？』と言わんばかりの視線を向けてくる。

「悪事じゃありません！　勝利への布石です！」

文句は私に仕事を依頼した狸に言いたまえ！　権力皆無のお嬢さんに無茶苦茶な依頼したの、あの人ですからね⁉

第十六話　招待は突然に　其の七

「それじゃあ、次はバラクシンのことを話してほしい」

「バラクシン、ですか……」

「そう。ああ、君がフェリクス殿のことで、エルシュオン殿下達とバラクシンを訪れたところからでいいよ。その経緯は知っているから、それ以外のことを『詳しく』ね」

騎士様はさらっと言ったが、『誤魔化すんじゃありません。素直に吐け』と言っているように聞こえるのは、何故だろう……。

まあ、これは仕方がないのかもしれない。聖人様爆誕（笑）に関する『あれこれ』（意訳）って、報告書と現実ではとんでもない温度差があるのだから！

キヴェラの次はバラクシン……多分、彼らが一番聞きたいのは聖人様と知り合った経緯だろうか。

ただ、これに関しては沈黙した方が良いと言うか、聖人様のためであったりする。


だって、最初に脅してますからね。

聖人様爆誕（笑）の発端は、私と聖人様（予備軍）が知り合い、手を組んだことである。寧ろ、それがなければ始まらない。

魔王様はフェリクスの行動に怒っただけなので、イルフェナからの抗議はそれオンリーのはずだ。

そもそも、教会派への攻撃は内政干渉扱いになるだろうしね。


誰だって、不審に思うだろう……『何故、聖人殿は見知らぬ女性、それも【異世界人の魔導師】を自称する生き物に協力してくれたのか？』と！


疑り深い性格じゃなくても、そう思って当たり前。何の前振りもなく、いきなり出てきた繋がりを不審に思うのが普通です。

そもそも、当の聖人様はその繋がりができた際、教会に巣食う愚物――貴族と癒着し、私腹を肥やしていた教会上層部の連中のこと――を追い出している。

それだけでなく、その後も精力的に動き、見事、教会の平穏と正しい在り方を取り戻しているのだ。信者達からの信頼もバッチリです。


そんなことが可能な奴が、たやすく他人を信じるか？

答えは当然、『否』だ。自称・味方をあっさり信じるお馬鹿には不可能です。

百歩譲って、『聖人様がバラクシン王家と手を組んだ』とかならば、まだ信じられる。王家と聖人様の敵は共通だったのだから。

だが、私はバラクシンの人間どころか、フェリクスの愚行の抗議に訪れたイルフェナの魔導師。どう考えても、バラクシン王家に好意的という認識にはならないだろう。寧ろ、バラクシンという『国』に不信感を抱いていても不思議はない状況だ。

そんな状況なのに、何～故～か聖人様は魔導師と手を組んだ。

裏を疑って当然ですね！　私が魔導師ということもあり、おかしな魔法を使って洗脳した……とか疑われても、全く否定できない状況です。

「まず、確認なんですが。多分、一番疑問に思われていることって、私と聖人様の出会いと言うか、繋がりですよね？」

「うん。こう言っては何だけど、あまりにも接点がなさ過ぎるんだ。と言うか、その、申し訳ないんだけど、君の性格上、他国の聖職者が苦悩していたところで、助けないような気がしてね」

騎士様、私の性格を理解してやがる……！

「そもそも、あの当時、君はバラクシンに対して良い感情を持っていなかった。アリサ嬢のことも含め、これは正しい解釈だと思っている」

騎士様達、大・正・解☆

「そうなると、聖人殿が君に縋(すが)ったという可能性が浮上してくるんだけど、現在の彼の姿を見る限り、たやすく他者、もっと言うなら部外者に頼るようには見えないんだよね」

ですよねー！

ええ、めっちゃ正しい解釈です！　教会の恥を部外者に晒すことになるから、聖人様の性格上、『よほどのこと』（意訳）がない限り、絶対にやらないだろう。

「だからね、私達はこう考えたんだ……君、何かしただろう？」

「何故、疑問形なのに、確信をもって問われますかね？」

「日頃の行ないを顧みなさい」

温い笑みを浮かべる騎士様の言葉を受け、大人しく胸に手を当てて、これまでの日々を回顧し。

……そのまま、そっと顔を逸らした。

う、煩いですよ⁉　全ては結果を出すためですからね⁉

生温かい視線が集中する中、騎士様はそっと私の頭を掴んで顔を正面に向けた。

「さ、大人しく吐け」

「言い方！」

「心当たりがありまくるらしき子猫の姿を見せられたら、こちらも手加減なんてしていられないだろう？　今の君の様子を見る限り、心当たりがあるみたいだしね」

「……」

「……」

「それもそうですね」

「いや、それで納得するのかい……」

良い子のお返事をしたというのに、疲れたような声で突っ込む騎士様。ぐったりと首を垂れるあたり、呆れているのかもしれないが。

まあ、暴露しちゃってもいいか。だって、これはどちらかと言えば『私以外の人達が頭を抱える事態』ってことですからね！

喋った私、悪くない。無理やり喋らせたのはこいつらだ。絶対に、絶対に私は悪くありませんからね⁉　後で文句言うなよ⁉

「だって、どちらかと言えば『私以外の人達のために詳細を話したくなかっただけ』ですし」

『は？』

騎士様達が盛大にハモる。その大半が、訝しげな表情だ。

「やらかしたのは私ですが、私って民間人で異世界人の珍獣じゃないですか？　だから、どんな奇行をしても、ある程度は見逃されるんですよね。勿論、説教はされますけど、傷になるようなものはないって言うか」

「あ～……ま、まあ、確かに、君は地位や役職じみたものがないよね。醜聞になるようなことでも結果が出ている以上、必要なことだと、割と認められているし」

これ、マジなのである。魔王様が庇うだけでなく、そう判断されるものが多いから。

結果ありき、とは言わないが、『その決着に辿り着く過程で必要だった』（好意的に解釈）と判断されるものが大半なので、『泥を被ることになろうとも、結果を出すことを優先した』と言われているのだ。

判りやすいのが、セシル達の救助を兼ねたキヴェラとのあれこれ。普通なら、凶悪犯罪者扱い、待ったなしですぞ？

ただ、当時の状況と私の行動にそれなりに納得できる理由もあるため、『遣り過ぎだけど、仕方ない』的な扱いをされていたり。

なお、魔王様には遊び心ゆえの行動ということがバレているので、しっかりとお説教されている。『人で遊ぶんじゃない！』と。

「実際に必要なことなんですけどね。まあ、五割以上が遊び心と個人的な感情ゆえの行動ですが」

「そこまで暴露しなくても」

「黙ってたって、バレてるじゃないですか。大丈夫、魔王様には『騎士様達に白状させられました』って言うから」

「ええ～……」

「嘘は言ってません！　黙秘権を許さなかったのは、貴方達！」

魔王様からのお小言を予想したのか、騎士様は苦い顔になった。対して、私はいい笑顔。

はっは！　誰が、私一人の説教コースで済ませるものか！　この際、ここに居る全員を元凶扱いして、道連れにしてやらぁっ！

「それじゃ、話を進めますね。聖人様に会ったのは、王城での夜会の後ですよ。まあ、そこでもフェリクス関連のイベントがありましたが、そこは報告書に書いてある程度のことしか起こらなかったので、スルー」

「……。まあ、そこらへんに違いはないだろうからね。しいて言うなら、君が『ライナス殿下の監視の下、部屋で大人しくしていた』ってことかな。これ、明らかにバラクシン王家サイドが君の協力者になっているだろう?」

そこは思い至ると思ったので、素直に頷いておく。……が、その際、私と彼らの間に大きな擦れ違いが起きていたことまでは思い至るまい。

バラクシン王やライナス殿下は、私がお礼参り(意訳)に行く程度にしか思っていなかったはず。その対象は勿論、教会の愚物ども。『魔導師が動いたと理解すれば、教会派貴族達共々、多少は大人しくなるだろう』と。

……実際は、『教会における歴史的な出来事』(笑)を仕掛けに行ったのだが。

まあ、どうせすぐに話すんだ。今はそこまで説明する必要がないだろう。

「そうですよー。ただ、その後の行動があまりにもアレ過ぎて、ライナス殿下は協力者扱いに頭を抱えていましたが」

「ん? 君、頭を抱えさせるような被害でも出したのかい?」

魔導師=魔法の被害甚大的な発想があるのか、即座にそんなことを口にする騎士様。

「いえ、その方が遥かにマシだったかと」

『は？』

騎士様達、ハモり再び。

そうですねー、『その方が遥かにマシ』なんて言い方されれば、どんな被害があったのか想像つきませんよね！

　しかし、世の中は無情なもの。『最悪の事態』の更なる下は存在するのだ。


「ぶっちゃけて言うと、教会に奇跡を仕立て上げて、聖人様を作り出しました。その際、神罰に見せかけて教会の一部を破壊し、愚物どもに恐怖の一時をプレゼント！」

「え」

「聖人様には事前に打ち合わせをし、使用した物の効果が無効になるような魔道具を渡しておいたので、彼だけが特別に許された存在のように見えたと思います。まあ、元から真っ当な信者達の希望の星みたいな扱いだったようですし、説得力は抜群でした」

「あの、それって詐欺……」

「細かいことを気にしてはいけません。重要なのは『神に選ばれた正しき指導者の誕生』と、『信仰を汚して私腹を肥やす愚物が神罰を受けた』という二点だけですよ」

「神罰じゃないよね⁉」

「私の神じゃないですし、問題ありませんよ。そもそも、信仰を正すお手伝いじゃないですか！

一人で泥を被ったと言ってください」

「……自分のために、だろう？」

「当たり前じゃないですか」

素直に答えたら、騎士様達は沈黙した。何さー！　そんなの当たり前じゃないー！

「……君の遣り方はともかくとして。聖人殿はよく、君の計画に乗ってくれたね？」

騎士様が頭痛を堪えるような表情で聞いてくる。結果的には聖人様爆誕が良い方向に動いたため、怒るに怒れないのだろう。

そんな騎士様に、追い打ちをかけるのは心が痛む（笑）のだが。

「聖人様が一人で自室に居る時、窓から入って押し倒しました」

「……。はい？」

「ほら、向こうは聖職者ですから、そういうことって致命傷に等しいでしょう？　加えて、私はこの世界の魔法が使えないので、詠唱をしても魔法が発動せず、『侵入した魔導師』という言い分も説得力がない。そもそも、見た目からして暗殺者にも見えないと評判です」

「……えっと……」

「で、人が呼べない状態に持ち込んで、脅迫……いえ、交渉したんですよ。『このまま人を呼ばれるか、私の協力者になるか選べ』って。勿論、協力者になった際に得られるものも提示。聖人様は綺麗事だけではやっていけないと理解している人だったので、めでたく協力を取り付けました」

「いや、『脅迫』って言ってるよね!?」

「最終的に望んだ状況に持ち込んだので、文句は出ませんでした。だから、問題なしです」

正しい行ないです！　と主張する私の耳に、周囲の呟きが聞こえてくる。

「……報告書に嘘は書いていない。書いてはいないけれど……」

「え、この子、聖職者を押し倒してたの……？」

「誰だ、『後に聖人と呼ばれる聖職者は教会の現状を憂い、魔導師と手を組むことを決意した』っていう一文に収めた奴……！」

煩いですね、都合の悪い事実は闇に葬（ほうむ）るのが『お約束』でしょう？

第十七話　招待は突然に　其の八

さすがに『聖職者を押し倒して脅迫し、協力者にしました☆』は予想外だったのか、騎士様達は唖然としている。

……。

まあ、そうだろうね。騎士様達、王太子殿下直属の騎士と言っていたもの。実力至上主義とは言え、半数くらいは貴族、それも高位貴族出身者が居るはずだ。

つまり、それなりに『お育ちの良い人々（＝生まれも育ちも貴族）』が居るわけですよ。

これ、別に『王太子付きの騎士だから』といった理由ではない。相対する相手によっては、王太子殿下の身を守るため、ある程度の身分が必要になってくるせいだ。

それでなくとも、日頃から接しているのはお貴族様なので、『女が聖職者を押し倒して脅迫』という場面に遭遇することはないだろう。

騎士様達にとっては、吃驚の事実なわけですよ。私がハニートラップを得意とするならまだしも、それらしき要素って皆無だもん。

……まあ、そういった背景事情があったからこそ、今回の『招待』（意訳）に繋がったんだろうけどね。

非常に残念なことだけれど、実力至上主義と言われるイルフェナであっても、『身分の壁』というものはなくならない。言い方は悪いが、身分を振り翳（かざ）された場合、相手に押し切られたり、取れる対処方法が限られてしまうのだ。

だからこそ、彼らは私の功績が不思議だったのだろう……『魔導師と言えど、民間人。何故、あいつは王族・貴族相手に勝利できるんだ？』と！

『魔王殿下や彼の騎士達が功績を盛っている』とか、『過保護なまでに手を貸している』と言われていたのは、それが主な理由だろう。

魔王様が私のために動き、騎士達を動かしてくれたからこそ、勝てたのだと。……それが最終的に『魔導師の功績』になったと、そう思われていたのだろう。

なお、これは他国も割と同じ予想を立てていたと予想。ただし、私の遣り方を直接目にするまでは、だが。

当たり前だが、現在の評価は全く違う。と言うか、魔王様の親猫ぶりや、騎士寮面子のアレな様子がバレたとも言う。


〈予想〉

『異世界人を守るため、保護者や彼の騎士達が動き、功績を仕立て上げているんだろう』


〈現実〉

『魔導師、超ヤベェ！　何、あの珍獣。怖いもの、ないの⁉　って言うか、騎士寮面子も魔導師に同調してない？　寧ろ、同類じゃない……⁉　飼い主ー！　飼い主様ー！　お宅の馬鹿猫と猟犬が暴れてます！　管理！　管理をお願いします！　あいつら、貴方の言うことしか聞きません！』


現状は多分、こんな認識よ？　だから魔王様が『常識人の救世主』とか『親猫』って呼ばれているんだもの。

……そうは言っても、我らは『できる子達』という評価を落とす気はないわけで。

お仕事はきっちりしますよ！　無能振りを晒せば、飼い主たる魔王様の恥になりますからね！

つまり、『結果を出すことが全て』なのです。己の評価なんざ、二の次さ。

その過程で、私が『異世界人凶暴種』とか呼ばれても、仕方のないことなのですよ。お仕事、大事。結果はもっと大事。

魔王様はよく頭を抱えているけど、結果を出していることだけは事実なので、『止めろ』とは言えんのだ。そもそも、その噂自体、ある意味では事実なのだから。

文句は仕事を依頼してきた奴に言え。多分、依頼してきた段階で、ある程度の説明（意訳）はされているだろうし、承諾した時点でそいつの責任ですよ。


精神的な被害が出る？　……あはは、知らねぇな！

私に求められたのは『結果』であって、周囲への気遣いまで含まれません。


「それじゃ、次に行きますね」

「君、女性だろう。そんなにさらっと済ませなくても」

「そうは言っても、今後はこれ以上のことが起きますが」

『え』

騎士様達はぎょっとするけど、私も嘘を言っているわけではない。

いや、だってさー……これから話すのって、例の『魔王様を侮辱しやがった騎士が、本当に慕われているのかを確かめる方法』ですぜ？


どう頑張っても、罰ゲーム感溢れる内容なのです。

寧ろ、私は最初から奴を笑い者にするよう仕組んだし！


「『魔王様を侮辱した教会派の騎士がいた』っていうのは、報告書にも書かれていますよね。まあ、そいつはその直前に私にも色々言っていましたが、きっちり報復はしたので、私の分は相殺されています」

異世界人に対する暴言その他なんて、些細なことだ。バラクシン王的にはそちらの方が拙かったろうが、私にとっては魔王様の方が大事。

「あ、ああ、そう書かれていたね。アルジェント達も激怒したと聞いている」

「そうそう、それです。で、他国の王族を侮辱したわけですし、そいつらの保護者……所謂、当主といった立場にある人達に来てもらったんですが。そいつらもクズでした」

素直に『ごめんなさい』すればいいのに、奴らは見苦しく言い訳してくださった。自国の王ですら謝罪をしているのに、だ！

「いやぁ、自国の王さえ謝罪しているのに、まともな謝罪すらできないんですもの。しかも、該当騎士を『民を守った実績があり、慕われている』とか言い出しましてね。それじゃあ、それを証明してもらおうということになったんですよ。なお、発案は私です」

「ほう」

「ちなみにバラクシン王や魔王様の前でそれを言いやがったので、『これで民に慕われていなかったら、二国の王族に対する虚偽申告も追加ね♡』ってことにしました」

「それって、誘導……」

「最初に言い出したのは奴らです」

「いや、だからって……」

「あいつらが自ら言い出しました。嘘偽りない事実です」

微妙な表情になるでない、騎士様よ。誘導したとて、私は嘘など吐いていないのだから。

そもそも、私は民間人。民間人に誘導されて墓穴を掘る貴族なんて、誰が聞いても恥ずかしい存在ですぞ。『貴族としての教育、どこいった！』とばかりに、批難されること請け合いです。

「で、折角の機会なので、聖人様に『教会は教会派貴族と同じではないって、証明したら？』と提案。その後、教会関係者達との話し合いを経て、聖人様は教会代表として『我らは貴様達と違う！』と突き付けることになりました。……物理的に」

「待って、待って、『物理的に』って、どういうこと⁉」

意味が判らなかったらしく、騎士様から待ったがかかる。他の人達も、頭にクエスチョンマークとかが浮かんでいそうな表情だ。

そっかー……うんうん、首を傾げる気持ちも判ります。聖職者だもの、普通は冷静に諭したり、言葉による抗議が精々だろうね。権力もないうえ、荒事に慣れていないだろうし。

でもね、当時の聖人様の様子を思い出す限り、『説教』『抗議』『物申す』っていう風に言葉を変えても、もれなく物理的な行ないになると思うんだ。

「王族でさえ見下す奴に、聖職者の言葉なんて届きませんよ。だから、誰の目から見ても判りやすい抗議の方法を伝授しました。言葉と行動の二つがあれば、誰が見ても『ああ、仲悪いんだな』と判りますし」

「え……そこまでする必要が？　その、聖人殿は一応、聖職者だよね？　教会派貴族も一応、信仰という繋がりがあると思うんだけど」

「真っ当な信者ならば話が通じますが、信者（笑）では無理ですね。でも、聖人様が真っ当な聖職者だからこそ、信者（笑）の言動にブチ切れてたんですよ。教会に蔓延（はびこ）るクズを追い出したと思ったら、次の事件が起きてますからね。決別したと判る態度を見せ付けない限り、クズな教会派貴族は勝手な解釈を口にするでしょう。それを防ぐ意味でも、抗議は必須だったんです」

　実のところ、当時の聖人様がどれほど立派な言葉を連ねようとも、教会派貴族達にとっては『民間人の戯言（ざれごと）』で終わる可能性・大。

と言うか、『教会への寄付』という切り札がある限り、教会が逆らえないことを知っていたのだろう。それが教会派貴族の強みであり、聖人様が行動を起こせなかった理由なのだから。

……が、教会派貴族に利用されたままであっても、教会の存続が危うくなる可能性が出てきたならば、話は別。

　どちらにしても逃げ道がないならば、魔導師主催のイベント『クズに天誅（てんちゅう）を！』（仮）に乗ってしまった方がまだ、後悔は少ない。

だって、行動すれば漏れなく、魔導師が味方になるから。

少なくとも、バラクシン王家やイルフェナからの好印象は期待できる。

「見ている方が気の毒になるくらい、聖人様は嘆いていましたからねぇ……。だから、提案したんですよ。『どうせなら物理攻撃込みの抗議でもしてこい』って」

「ちょ……っ」

「勿論、相手は騎士です。対する聖人様は聖職者……戦闘に関しては素人です。当然、戦闘能力差は歴然なので、聖人様が手を痛めてはいけないと思い、廃棄予定の本を強化し、『これで殺って来い』とささやかな応援をしました」

「やって……。……。殺って……!?」

「聖人様と心が通じ合った瞬間でした。芽生えた共闘意識のまま、教会の人々への説明も裏方としてお手伝い。あ、彼らに『自分達にもできることはないか』と相談されたので、『第三者からの妨害は許されるけど、罰を受ける本人は暴力を振るえないよう誓わせる予定だから、聖人様のお説教をきちんと聞けるよう、皆で囲んだら？』とアドバイス」

嘘ではない。『非力で暴力を良しとしない教会の人々が、彼らしく聖人様を手伝える方法』とくれば、『逃げ道を失くせ』以外にない。

そもそも、これは奴らの言い分が正しいかを確かめるためのイベントなので、妨害や援助といったものは初めから許されている。

恨まれていれば、敵となる者達が続出し。
慕われていれば、庇う者が続出する。

ただそれだけのことじゃないか。あいつらの言い分が正しいと確かめる意味でも、有効なイベントですぞ。

何より、私が超楽しい……！
どのみち、罰ゲームにしか見えない内容――全裸で街中を闊歩(かっぽ)――なので、聖人様以下教会の皆様が盛り上げてくれると言うなら、最高のエンターテイナーたる魔導師として、より面白くなるよう動くのは当たり前。

人はそれを『見世物』という。もしくは『変質者の出現』。
どんなに立派な言い分を連ねたところで、全裸の男が町中を闊歩している事実は変わらない。
そこに聖人無双＆教会の皆様の囲みをプラス！『信仰を侮(あなど)ってはいけません』という教訓と共に、『温厚な聖職者や信者達がブチ切れるような状況だった』と知れ渡るだろうさ。

「まあ、結果は予想通りでした。聖人様は相当頭にきていたらしく、抗議の言葉と共に殴る蹴るの大活躍だったらしいです」

「いや、『大活躍』って」

「ちなみに、該当者に付いていた治癒魔法や監視担当の騎士達は、聖人様達の勇気ある行動に大変感動したらしく、奴は生かさず、殺さずという状況が続いた模様。騎士仲間にも嫌われていたから、気絶するまで逃げられなかったみたいですね」

　マジでーす。監視や治癒の役目を持った騎士達、『誰も』聖人様を止めなかったらしいから。

「その後は『教会は教会派貴族の味方じゃないよ！』って、バラクシン王にも納得してもらいました。煩かった教会派貴族達も、今後は信仰や信者達を言い訳にできないと気付かされ、顔面蒼白（そうはく）になっているのが愉快でしたね」

「……それら全てが君の策略であり、教会も無事に財源確保、フェリクス殿とサンドラ嬢も教会に身を寄せることとなり、王家も長年の憂いを晴らせた……と」

「大まかに言えば、そんな感じです」

「……」

「利害関係の一致って、素敵な絆ですよね。今回は教会派貴族以外の勢力が手を組み、其々が望んだものを得られましたから」

「うん、そうだよね。そのシナリオを考えた功労者として、何か言うことはないかい？」

　呆れを多分に含んだ生温かい視線に晒されながらの質問に、私はにやりと笑う。

「『毒を以て毒を制す』っていう言葉を知らなかったことが、教会派貴族の敗因ですよ。ああ、『上には上がいる』の方が正しいかな？　……世の中には、『己の利がなくとも、敵を弄ぶことを楽しむ愉快犯が居る』と知らなかったみたいですし、没落は時間の問題だったかと」

最高に強い相手だろうと、挑むことこそを楽しむ輩は一定数居るだろう。自身の勝ち負けに拘るのではなく、『圧倒的な強者を敗北させ、屈辱に歪む顔を見たいがために頑張る』という、どうしようもない連中が。

その一人である私に喧嘩を売ったのが、運の尽き。魔王様には怒られたけれど、とっても楽しゅうございました。

第十八話　招待は突然に　其の九

「君が強い理由が、何となく判った」

「へぇ？」

「『善人になる気がない』……いや、こういった言い方は正しくないね。『悪になることを厭わない』、『泥を被ろうとも気にしない』ってところかな」

疲れたような顔をしながらも、騎士様は私をじっと見つめた。探るように見ているというより、確信を持っているような感じだ。

そんな騎士様に、私は笑顔でパチパチと手を叩く。

「そこに『異世界人に対する無自覚の見下し』と、『見た目が小娘ゆえに、軽んじられていること』が追加でしょうか。私だけじゃなく、周囲のそういった態度も大きく影響していますね」

事実である。寧ろ、一番大事な初動の時点でノーマークだと、私じゃなくともそこそこ動けるだろう。これらは比較対象を出せば一発で納得できる。

例えば、アルが私と同じ状況だったとして。……監視なし・情報取り放題なんて状況になるか？

答えは当然、否だ。監視は勿論のこと、接触する時に滅茶苦茶に警戒されて、ろくな情報を得られまい。


『警戒心を抱かせない』というスキル――スキルで良いと思う――は最強なのですよ。

基本的に『部外者』という立場なんだもの、私。


「ああ……君に対する、周囲の者達からの対応のお陰もあったと」

「『魔導師』という『無条件に恐れられる職業』も、『最終的には』影響しますけどね」

「なるほど。君が功績を出したことが信じられない気持ちもあって、最終的に『魔導師だから功績が出せた』ということにして納得するのかい」

騎士様の見解に、私はにこりと微笑んだ。そんな私の姿に、騎士様達はやや呆れ顔。

ですよねー！　判る。その気持ちも判るぞ！

私に疑問の目を向けていたのに、『相手が油断していることも一因です』なんてオチだもの。


そうは言っても、私の場合はこういった周囲の認識が多大に影響を及ぼしている。場合によっては難易度ノーマルどころか、イージー設定ですぞ。最初から、騎士様達とは難易度が違うのです。

そこに私の遊び心がプラス。更に『【化け物】って言われたし、異世界人だから常識なんて判らなーい☆　好き勝手にやっちゃうね♡』という感じに無邪気さを見せ付けているだけだ。

勿論、自分であらゆる可能性を想定し、決着までの道筋と証拠を確保する術を考える必要はある。

だが、前述した理由により、多少の『おいた』が見逃されてしまうため、相手側が混乱するのだよ。実際には、決着のための下準備が行なわれていたりするんだけどねぇ。

その結果、相手や部外者達からは『誰にも気付かれず、勝利への道筋が整えられていた』ということになる。それが積み重なって、『魔導師の手が読めない』という状況に陥り、勝手に自滅していくこともあるのだ。

自分達の非を認めるよりも、『魔導師はやっぱり凄い』ということにしてしまった方がプライドは傷つかないからね。

……。


いや、冗談抜きに『心の赴くままに遊んでいるだけ』っていう場合もあるんですが。

私は『断罪の使者』や『正義の味方』ではなく、ただの愉快犯です。

全くやらかしがない人達とて、私を『正義』や『善人』というイメージで考えるから行動が読めないのであって、決してこれまで相手にしてきた王族・貴族の全てが無能というわけではない。

私が彼らと同じカテゴリー——所謂、野心家という存在——に入らないため、『魔導師の得られる利』が判らないから、無意識に『ただの愉快犯』という選択肢を除外するのだ。

実際のところ、私は望まれた決着だけでなく『どうせ遣るなら、楽しく！』『レッツ、報復！恥をかかせてやらぁっ！』的な考えで動くこと多数。

これらの行動にも意味があるとはいえ、純粋な遊び心（好意的に解釈）ゆえの行動ということも少なくない。

『目指せ、最高のエンターテイナー！』という精神なのです、私。

私は超できる子として、結果だけでなく笑いも提供致します……！

……。

私のことは単純に『傍迷惑(はためいわく)な奴が来た』程度の認識がいいのよ、マジで。

だから、味方サイドが諌めてくれるよう、魔王様にお願いするとしても、『お宅の黒猫が暴れていますから、何とかして』としか言いようがないんだし。

そんな『常識人の救世主』な魔王様も慣れたもので、説教→叩いて躾ける→紙を丸めたものを使用→ハリセン常備といった具合に、進化を遂げている。

どのような状況だろうと、私が愉快犯に近いと半ば確信しているため、魔王様は最初から説教前提装備なのだ。安定の信頼のなさなのですよ。

なお、これはアル達も同じ認識らしく、誰も魔王様の行動を止めないそうだ。周囲からも『猫親子の微笑ましいスキンシップ』的な扱いをされているんだとか。

「じゃあ、誘拐事件の際、君が誘拐された先で犯人達を吊るしたのって……」

「人質になっているご令嬢達の安全確保のため……というのが一番の理由ですが、『少しは恐怖の時間を過ごしやがれ！』と思っていたことも事実です」

「……。確か、『下を歩いている人達に見付けてもらい、通報してもらうことも目的』って、報告書にあった気がするけど」

「勿論、そういった意味も含みますね」

「……まあ、褒められた行ないじゃないけど、理由としては納得でき……」

「あと、誘拐犯の仲間がやって来た際、『こいつらの命がどうなってもいいのか！』ってやるためでしょうか。仲間意識があれば、無視はしないでしょうし」

『え』

どう考えても『悪者の行動』を明るく笑顔で告げる私に、騎士様達は一斉にガン見してきた。対して、私は一切の反省なし。

いやいや……騎士様達はドン引きしているけどさ？　物語どころか、現実にもよくあるパターンでしょ？『敵の増援』なんてさ。警戒して当然ですぞ？

それに。

仲間意識がなかったとしても、余計なことを喋らせないためにも、無視はしないと思うんだ。

……私の予想が当たった場合、ご令嬢達よりも優先して命を奪おうとしてくるだろうからね。

少なくとも、ご令嬢達の命の危機にワンクッションできるわけですよ。どうせ犯罪者という事実には変わりないんだし、我らの盾になってもらおうという魂胆（こんたん）です。

「私が依頼されたのは『誘拐事件解決への協力』と『誘拐されたご令嬢達の安全確保』の二点なので、そこに犯人達への慈悲は含まれないですね」

「いや、君は一応、エルシュオン殿下の配下扱いでは？」

「どうせ、その後に説教は確定だと思ってましたし、『誰からも』魔王様の教育の賜とは言われませんでしたから、問題なしです！」

「ええー……」

ひらひらと手を振りながら『全く問題なかったよ！』と言い切ると、騎士様達は揃って顔を引き攣らせた。

何さー！　最早、誰も魔王様の指示とは思わないんだから、良いじゃないのー！

我、鬼畜・外道と評判の魔導師ぞ？　公式で『世界の災厄』ぞ？

『貴方の身近な恐怖』を自称する異世界人凶暴種に、犯人への慈悲を期待するわけねーだろ。

「そういえば、君は誘拐に加担した令嬢達を痛い目に遭わせていたような……」

一人の騎士様が思い出したように呟いたので、勿論、それも肯定。

「くだらない嫉妬で、ご令嬢達の人生を潰そうとしたんです。大丈夫！ 各国の最高権力者達の許可も取ったし、被害者のご家族から報復の委任状もいただきました。正当な報復です」

「いや、それだけじゃないよね？ 化粧した顔をぐちゃぐちゃにしたうえ、晒し者にしていなかった⁉ しかも、わざと化粧品の差し入れを許していたよね⁉」

「……」

「目を逸らすのは止めようか」

「……。彼女達が『勝手に』傷ついただけですよ。『たまたま』各国からの来訪者に、素敵な男性達が揃っていただけですしね。そもそも、真っ当な方達からすれば、彼女達は嫌悪の対象じゃないですか。顔が凄まじいことになっていようと、いまいと、些細なことですよ」

嘘ではない。彼女達の所業は知られていたため、事件を知る人からは嫌悪の対象だったのだ。それは騎士様にも判っているらしく、微妙～に疑いの目で見られはしたが、反論はなかった。

個人的には、カルロッサのオネェ様……もとい、宰相補佐様あたりと並んでほしかったけどな！あの人、意図して女性的に見せていることもあるけど、女性と見紛う容姿の男性なんだもの。勿論、顔だけじゃなくて家柄も良く、頭もいい。

心が折られること、請け合いです。お嬢様方のプライド、木っ端微塵さ。

ああ、叶うのならば、彼女達のことを指差して笑いたかった……！


「気を取り直して、次はサロヴァーラでのことを聞きたいんだけど」

「ティルシアはともかく、王族を嘗めていた貴族達がボロ負けしたのって、前述した『魔導師を嘗めており、軽率な行動を取り続けた挙句の自滅』ですよ？　ああ、イルフェナ勢にも大して気を使っていなかったみたいですけど、自国の王族に対する態度がアレですからねぇ」

「うん、そうだよね。私も君の話を聞いて、そう思った……！」

誘拐事件が起きた元凶とも言える存在のお馬鹿っぷりに、頭痛を堪えるような顔になる騎士様達が続出する。これには私も苦笑するしかない。

そうですねー、複数の国に跨いだ誘拐事件って、解決が難しくて、私にまで話が来た案件だもの。

それなのに、蓋を開けてみれば、元凶どもは自滅ルート一直線。

こんなのが原因と知れば、真面目にお仕事していた人達の情けなさもよりいっそう。

そこで何かを思い出したのか、一人の騎士様が声を上げた。

「あれ？　君、『馬鹿は嫌い』って言ってなかったか？　それに当て嵌めると、王家を嘗めていた者達への報復は遣り過ぎじゃないのか？　……労力が惜しい、という意味で」

その疑問を受け、皆の視線が私に集中した。あらら、意外と鋭いや。

あっはっは！　やっぱり、バレるか。まあ、仕方ない。こう言っては何だけど、事件はすでに過去のことになっているので、今更、バレたところで大丈夫だろう。

「一つはティルシアとの取引のためですね。私が潰せるだけ潰しておかないと、彼女が望んだ未来は得られませんから」

まず一つ、と指を折る。

「次に、各国で激怒している人達の溜飲を下げるためでしょうか。言い方は悪いですが、あの一件は『サロヴァーラが全ての元凶』という一言で済んでしまうんです。サロヴァーラ王家に報復とかされても困りますもん」

ティルシアのやらかしたことも、『自国のために仕方なかった』で済ますには少々、度を越し過ぎている。だから、ティルシアを警戒する意味でも『サロヴァーラという【国】に報復を！』という声が出る可能性があったのだ。

勿論、私の計画は伝えられているだろうけど、『弱小国の王女にしてやられた』という怒りが収まるかは怪しい。『嘗められたら負け』と考える人が多い階級なんだもの。

「だからこそ、各国が納得できる決着にする必要があったんですよ。折角、不可侵条約なんてものが言われ始めたのに、今度は北と揉めてどうする」

「なるほど、それが理由か」

「なお、キヴェラでは説明の際、『黒猫の計画を邪魔するなら、こちらが祟られることを覚悟せよ』とか言われたらしいです」

『え』

「魔導師の計画を邪魔する奴はメられるぞ、的な脅しですね。でも、物凄く効果があったらしく……多分、他の国も似たようなことをやっているかと」

さぞ、説得力のある言い分だったことだろう……私の被害を受けた国ばかりだったもの。下手をすれば、私が直々に『説得』（意訳）に来てしまうため、ビビったとも言う。

余談だが、私がサロヴァーラで行なった『お仕置き☆』（意訳）を魔道具で見せたため、反対する愚か者は誰一人居なくなった模様。


最高のエンターテイナーを自称する魔導師としては、感無量です。

涙目になって震えるほど、感動してくれたってことですよね⁉


「まあ、個人的には、親しくしてくれている騎士達をコケにされたのが気に食わなかったこともあるんですけどね」

「え？」

「だって、あの誘拐事件の時、かなりの数の騎士達が無能扱いされたでしょう？　しかも、解決後も報復不可。誘拐に協力した馬鹿女達への報復は『武器を扱えない、非力な女性魔導師』が物理で行なったので文句が出なかったけど、サロヴァーラ王家が裁くことが確定しているサロヴァーラの貴族相手では、越権行為になる可能性があるじゃないですか」

「いや、『武器を扱えない、非力な女性魔導師』って」

「事実です。明らかに魔法を使った怪我がないうえ、私が非力なのは本当ですし」

嘘ではない。報復内容がとんでもなく悪質なものであろうとも、『報復を行なったのは、こんなにも非力な子だよ！』（意訳）という前提があると、大したことには思われまい。

だが、これを騎士がやらかした場合、あっという間に批難の対象となる不思議。

自分どころか仲間達への評価にも関わってくるうえ、職業柄、暴力のプロのような認識をされているのだ……相手がどれほど理不尽なことを言っても、耐えるしかできない場合も多し。

サロヴァーラの貴族相手の場合とて、報復は無理なのだ。これは『他国の騎士』という部分がクローズアップされてしまい、『余所者（よそもの）が口を出すな！』的な反論に加え、『実際には、国が裏で画策していたんじゃないか？』という疑惑まで湧いちゃうから。

結果として、どれほど悔しくとも、騎士達は元凶への文句や抗議の一つもできない状況になるのだ。無能扱いした輩に対しても、何かできるはずはない。

騎士達も被害者なのに、酷い話である。王への忠誠がなければやっていられまい。

激務や蔑みの言葉に耐えたのに、彼らへの労（ねぎら）いはなく、『仕事しただけ』という認識なのだ。

「だから、私がやっちゃえばいいかなって。どうせ、サロヴァーラの状況改善のためには退場してもらわなきゃならないんです。元凶だもの、少しくらい酷い未来になるようにしても構わないでしょう？　あ、サロヴァーラ王家の許可は取りましたよ？　皆さん、快く承知してくれました。彼ら的にも、奴らが弱るのは助かりますしね」

サロヴァーラ王家の許可と言ってはいるが、実際にはティルシアの強力なプッシュがあったことは言うまでもない。

寧ろ、応援された。『貴女の悔しさは理解できるわ。存分にやってしまいなさいな。抗議は握り潰します』という、恐ろ……いやいや、頼もしいお言葉を添えて。

「……」

賛同することも、批難することもできない――本心はともかく、言葉にすることは躊躇われるのだろう――内容なので、騎士様達は複雑そう。

ただ、一番近くに居た騎士様が、私の頭を褒めるように撫でてくれた。それが答えなのだろう。

第十九話　招待は突然に　其の十

「では、ティルシア姫について聞きたいのだが」

「……。ええと……」

騎士様の問いかけに、私は思わず視線を逸らした。

いや、だってねぇ……ティルシアの印象って、私と騎士様達とでは大きく違うもの。特に、騎士様達はあの一件の際、サロヴァーラに行っておらず、報告書を読んだ程度だろう。

それを踏まえると……ティルシアの印象は『王族としての誇りと覚悟を持ち、手駒を切り捨てることさえ厭わぬ恐ろしい女』って感じじゃないかな。

ところが、私の経験を元にするなら、『ヤバイくらい重度のシスコンな女狐様』になる。

これは正真正銘、事実である。

ティルシア本人に言っても、笑顔で肯定されること請け合い。

なお、最重要事項が『ヤバイくらい重度のシスコン』であることは言うまでもない。

女狐様は多くの人々の認識通り、『聡明』『王族としての覚悟を持っている』という人だ。そう、それはいいんだ。寧ろ、サロヴァーラとしては頼もしい限りだろう。

そもそも、ティルシアが『女狐』と呼ばれているのは、そちらの方の意味合いが強い。

『決して侮れない相手』――そういった意味で使われている渾名なのだ。ティルシアもそれを判っているから、誇らしい要素のように捉えているし。

……が。

この女狐様、それだけで済む人じゃなかった。『妹が可愛くて仕方ない』なんて言葉じゃ収まらないほど、重度のシスコンでいらっしゃるのだ。

リリアンを守るため、適切な距離を置いていた――それでも、『仲の良い王女姉妹』という評価である――反動とでも言うのか、最愛の妹であるリリアンに対する愛が半端ない。

リリアンの前ではひたすらに『美しくて優しく、頼りになる素敵なお姉様』を目指し。

その裏では、妹溺愛日記を日々認める、どうしようもないシスコン。

そんなシスコンなお姉様の胸には、最愛の妹に悪意を向け続けた奴らへの殺意が燃え上がっている。それはもう、地獄の業火レベルの勢いで。

勿論、王女としてサロヴァーラを立て直したい気持ちも本物だけど、それと同じくらい報復に燃えていらっしゃったのだ。

この場合、報復理由は『リリアンと共に過ごすはずだった時間を返せ！』である。

妹を虐めた復讐とは別枠で、ティルシアは妹との時間を奪われたことを恨んでいる。

私が友人ポジションを獲得できたのは、ティルシアが諦めるしかなかった未来――ティルシアの立場からすると、確かに不可能だった――をもたらしたから。

それに加えて、『継承権こそ剥奪されるけど、ティルシアをリリアンの補佐に』と進言しておいたことが大きい。と言うか、他国の皆様も『今後のサロヴァーラには、ティルシアが必要』と考えていたので、私の提案は割と皆の総意である。

ティルシアの優秀さは本物だし、残酷な決断が必要になったとしても、ティルシアならば下せるからね。そこを評価されたのだろう。

こう言っては何だが、サロヴァーラ王ではちょっと頼りない。だからと言って、外部から補佐する人を派遣すると、サロヴァーラ王家を傀儡にしているような印象を与えてしまう。

そこで白羽の矢が立ったのが、ティルシアだった。能力、性格、身分も申し分ないし。

この決定が伝えられた時、ティルシアは……満面の笑みを見せた。

なにせ、関わった国々公認で、夢を叶える立場を与えられたのだから。

なお、サロヴァーラ貴族達にとっては、地獄への片道切符が約束された瞬間である。

ティルシアがあまりにも嬉しそうだったため、私に事情を聞きに来る人達が続出したのも良い思い出です。……皆、怖かったんだよ、ティルシアが大喜びする理由が判らなくて。

だって、『リリアンの補佐』という立場は、ぶっちゃけて言うと『苦労人』だから。寧ろ、苦労しかないので、喜ぶ要素が皆無である。

私は確かに、サロヴァーラ矯正プランを提示した。だけど、サロヴァーラの馬鹿ども全てが駆逐（くちく）されたわけではないので、簡単にはいかないだろう。

リリアンの補佐は正しく『罰』なんだよ、いくらサロヴァーラの立て直しを望んでいようとも。

それなのに、当のティルシアは目をキラキラさせて喜んだ。感激のあまり、『罰』の発案者である私に抱き着いて、全身で喜びと言うか感謝を表してもいたのだ。

ティルシアの野望（意訳）を知らない皆様からすれば、異様な光景だったわけですよ。継承権の剥奪もされているうえ、間違っても、喜ぶべきことじゃない。

そんな皆様に、私は『どれほどティルシアが家族を大事に思っているか（善意方向に意訳）』を熱く語り、更には最愛の妹との時間を奪われたことを恨んでいる、と補足。

『他国のバックアップを受けて国の立て直しができるうえ、最愛の妹に尽くせるんです。苦労が待っていようとも、泥水を被ることになろうとも、ドンと来い！　的な心境なんですよ、女狐様』

以上、魔王様達に追及された私が語った言葉である。嘘は吐いていない。

魔王様達も何か思うところがあったのか、生温かい目をしつつも納得してくれた。

……多分、ティルシアとリリアンの『美しい姉妹愛』を見た後、『女狐様、行動の軌跡』（意訳）

を知ったからであろう。温度差、凄いもん。

「ええと……そんなに悩ませるようなことを聞いたかな？」

遠い目になって色々と思い出していた私に、騎士様の気遣うような声が掛けられた。騎士様としては、私とティルシアの間に何かあったのかと思ったのだろう。

ま、まあ、サロヴァーラの一件の際、ほぼ全ての攻撃が私に向きましたからね。

殺されかけたことも事実だし、断罪後に一番働いた自覚もありますよ！　あの時、私は（ティルシアとの取引を現実にすべく）頑張った！

その忙しない日々については報告書に纏められているため、『誘拐事件の囮にされて、サロヴァーラにも派遣されたからね。色々と大変だったろう』的な認識を、一部にはされていたようだ。

この騎士様達もそういった人達と同じ認識でいたらしい。……善良なことである。

実際には『楽しい復讐計画・サロヴァーラ編』なんてものを企画・実行していたため、魔王様から『くれぐれも、はしゃぎ過ぎないように！』と釘を刺される始末だったのだが。

私を未だ、『守られるべき者』と認識しているらしい騎士様の善良さに、ついつい、ろくにないはずの良心が痛む。


違うんですよー、私が気にしているのは貴方達のことなんですー。

貴方達が精神的なダメージを受けることが、判りきっているからなんですってばー。

「いえ、私の方は全く問題ないんです」

「え？」

「どちらかと言えば、貴方達のティルシアへの認識が変わる……と言うか、別の生き物に見えるようになるかと」

『は？』

意味が判らなかったのか、騎士様達の声がハモった。ですよねー！　貴方達、未だにティルシアのことを『（狡猾とかそういった意味で）女狐』認定しているでしょうし。

まあ、いいか。どうせ、数年以内にはバレるし、ティルシア自身も恥じていないから。

「ティルシアの行動理由は報告書にあった通りです。そこまでならいいんですよ、『王族として国を立て直し、悪となることを厭わず、家族を守ろうとした王女』ですから」

「あれ、違うの？」

「正しいと言えば、正しいです。ですが、ティルシアの最大の原動力はリリアン……『最愛の妹への溺愛』なんですよ。あれは重度のシスコンというか、病気レベルです」

「し……しすこん？」

「姉妹大好きってことです。だから、ティルシアは今の状態がベストポジションなんですよ。国の立て直しができて、自分の手で最愛の妹を守れて、報復もできる！　その上、リリアンから尊敬の眼差しを向けられる『頼れるお姉様』という評価を不動のものにしてますからね」

「……えっと？」

意味が判らなかったのか、騎士様は首を傾げた。私もそれに付き合いつつ、『マジです』と念を押しておく。

女狐・ティルシア、各国から警戒される王女は、実のところ重度のシスコンなだけである。

その愛情は海より深く、ドロドロとした得体の知れないものとなっていることだろう。

「ティルシアを殺そうとしても、『その事実を利用できる』って考えるだけですが、リリアンに暗殺者を向かわせようものなら、即座に滅殺対象ですね。楽に死にたければ、リリアンに慈悲を願い出るしかありません」

「ええ……」

予想外の暴露に、騎士様達は盛大に混乱したようだ。当事者である私の言葉だから事実だとは思うものの、内容が内容なだけに、素直に信じたくもないらしい。

「君、なんでそんな人と仲良くなれたの」

「私も魔王様とルドルフを殺そうとしたら、即座に滅殺上等だからかと。さすがに、あそこまでのシスコンは理解できませんが。私の場合、処罰できる権限がないので、社会的に殺す気満々です」

「……一部とはいえ、同類なのかい」

「ティルシアは『そうよね、それは当然よ』って、言ってましたけど」

「……。少しは大人しくしていようね」

煩いですね、人には絶対に譲れない地雷が存在するものなんですよ！

第二十話　騎士様の素朴な疑問

「君はゼブレスト王陛下と仲が良いんだよね？」

「はい」

事実なので頷いておく。今更、聞かれるとは思っていなかったので、少し意外だ。

……が。

今回の一件――ハーヴィス関連のこと――において、ルドルフ……と言うか、ゼブレストが見せた全面協力の姿勢を思えば、ある意味では当然なのだろう。

元々、イルフェナとゼブレストは友好国である。だが、いくらゼブレストが長年の友好国であり、ゼブレスト王であるルドルフが個人的に魔王様と友人であったとしても、『訪れた国で襲撃された』ということは、見過ごせるものではない。

騎士様達の疑問はそこに付随するものだろう。いくら何でも、対応が優し過ぎる、と。

「魔王様もルドルフと仲が良いですが、どちらかと言えば、兄的な存在ですからね」

「ああ……何となく判るよ」

想像したのか、騎士様は苦笑した。やっぱり、二人の関係は第三者から見ても同じらしい。

イルフェナにおける魔王様は第二王子であり、彼らの主である王太子殿下から見て『弟』だ。家族仲は悪くないみたいだし、王太子殿下が魔王様に劣っているという悪評も聞いたことがない。

ただ、あくまでも『私が聞いたことがない』というだけ――魔王様は私にそういった類のことを聞かせたがらない――なので、陰で囁かれている可能性もある。

だが、魔王様には『魔力が高過ぎるゆえの威圧』という難点があって。

兄弟で優劣をつけるというより、魔王様単独での悪評じみたものが多かった……らしい。

なお、これらの情報源は騎士寮面子であ～る！

『気が向いたら、報復してこい』と、言わんばかりの暴露です。

……で。

そんな魔王様ですが、ゼブレスト、特にルドルフの味方である人々からは、『ルドルフにとって、兄のような友人』という認識をされていたりする。

どうやら、魔王様がルドルフの状況を見かねて幾度となく口を挟んだ結果、そうなったとか。

私の派遣も『エルシュオン殿下が送り込んできたのだから』で済まされてしまったあたり、ルドルフの側近達にも信頼されている様が窺える。

ただし、来たのは魔王様ですら性格を掴みかねていた黒猫（＝私）一匹。

真っ当な性格の魔王様が頭を抱えるほど、黒猫は超絶フリーダムに祟りまくった。

その結果がルドルフ陣営の勝利だったので、ゼブレストの皆様は何も言えなかったわけですね！

当時、『さすが、エルシュオン殿下が選んだ逸材』としか言われなかったのも、私の言動があまりにもアレなものだったため、それしか誉め言葉が出て来なかったのだろう。

……。

今更だが、すまんかった。その、マジでごめん。

報告書などの製作担当者の苦労を思うと、さすがにちょっとは反省する。

「ところでね……これは我々が非常に疑問に思っていたことなんだけど」

「……ん？」

当時を思い出して『味方サイドで大変な思いをした人、マジでごめん！』と思っていると、騎士様が話しかけてきた。

「ゼブレストの宰相殿は、その、君のような態度を許さない方のような気がしてね。いくらルドルフ様と仲が良いと言っても、ある程度の礼儀は弁（わきま）えろと言われるような気がするんだ」

「ああ……何となく想像つきますね」

宰相様は確かに、そういったことには煩そう。お馬鹿な頃のフェリクスの態度にもブチ切れていたし、基本的には『親しき仲にも礼儀あり』という方向なのだろう。

それなのに、私のルドルフに対する態度は『親友』と互いに公言している通り、全く遠慮のないものである。当たり前のように、それは今回も発揮された。

一国の王であるルドルフを、魔王様へのメッセンジャーに使い。

一緒に食事をしようと、アルと共に、手料理を持って部屋に押し掛け。

成人男性のルドルフ君に、『寂しそうだから』と、ぬいぐるみを貸し出し。

……。

ろ く な こ と し て ね ぇ な 。

騎士様としては、そんな態度を取っているにも拘わらず、ゼブレストの宰相様が抗議の一つもして来ないことが不思議で仕方ないのだろう。

と言うか、私も今、そこに気が付いた。（我ながら、遅過ぎ！）

私とルドルフは普段からこういった態度が平常運転のため、騎士様に言われて、初めて、『そういや、抗議されても仕方ない態度だわな』と思い至る。

「ああ……魔王様や騎士寮面子は慣れている……と言うか、今更なので、そんな風に思わなかったんですね。だけど、第三者から見た場合は不思議議だったと」

「うん。私達としては、エルシュオン殿下がゼブレストに詫び状でも送ると思っていたからね」

「なるほど。王子ではなく、保護者、もしくは私の飼い主として、お詫びが必要だと思ったと」

「普通はそう思うんじゃないのかなぁ……」


騎士様、遠い目をしないでくださいね……？


まあ、その気持ちも判るので、黙っておく。

世間的に……と言うか、常識的に考えた場合、いくらルドルフ本人が許していたとしても、他国の目がある。一国の王として謗められないためにも、許してはいけないことなのだろう。

……が。

それはあくまでも『自国の王と他国の友人』の場合であって。

多分、宰相様の認識はそれと違っている。勿論、私限定で。

「……あのですね、私とルドルフが『双子のように仲が良い』と言われていることはご存じで？」

「え？　あ、ああ、知っているよ」

良かった。ならば、話が早い。

「先ほど、『魔王様はルドルフにとって兄のような友人』という言い方をしましたが、私も似たような認識をされているのですよ」

「まあ、それは判るけど……」

「ゼブレストの宰相様が『私とルドルフが二人で大はしゃぎしながら遊ぶ姿』に向ける認識って、『仲良く遊び、目を離すととんでもないことを仕出かす幼児二人』ですよ？」

『は？』

意味が判らなかったのか、騎士様達の声が綺麗にハモる。

「幼児って、何を仕出かすか判りませんよね。しかも、動き回るから、目を離すと、とんでもない悪戯をしたりするじゃないですか。あれですよ、あれ！」

「……」

「もしくは、『キャッキャとはしゃぐ、子犬と子猫』」

意味が判らないのか、騎士様達は困惑したままだ。予想外過ぎて、コメントに困った模様。

ですよねー！　うん、その気持ちも判る。

でもね、それが事実なんですよ。ついでに言うと、魔王様は『手のかかる双子の、しっかり者の兄』的な立ち位置です。

「最初にゼブレストに行った時、私は側室相手に遣りたい放題したんですよね。当時、ルドルフも相当ストレスが溜まっていたらしく、私の言動に対して怒るどころか、『いいぞ、もっとやれ！』といった感じでして」

嘘ではない。絶えない嫌味と奴らに対する殺意で、ルドルフ君は本当にお疲れだったのだ。

心身共に疲れ果てた結果、頭のネジが数本抜けた思考回路になったとしても、おかしくない状況だったのです。……そういうことにしておいてやってくれ。

「『俺も交ざりたい！』って言うから、『じゃあ、後宮内の私の部屋で酒盛りしようぜ！　本命扱いの側室と王が一緒に居るもの、絶対に、誰か釣れる！』とか提案したり、『次は誰で遊ぼうか？』って感じで、仲良く過ごしまして」

「待って、側室達は玩具じゃないからね⁉」

「当時の私達にとって、彼女達は立派に玩具でした。実家込みの権力争いをしているせいか、意外と根性あったんですよ？　だから余計に、『仲良く遊ぶ幼児』という認識をされたんです」

――ほら、幼児って、命がどういうものかよく判ってないから、虫を平気で殺したり、残酷なことをするじゃないですか。

そう言うと、騎士様は一瞬、納得しかけ。

「いやいやいや！　君達は大人！　幼児は無邪気の延長線上でやらかすけど、君達は悪意を持ってやっていたでしょ！　故意でしょ、故意！」

「……チッ」

「舌打ちしない！」

やはり、騙されてはくれないようだ。ただ、それらの行動が元となり、ゼブレストの一件以降、宰相様から『悪戯好きの双子』扱いされているのは本当です。

「信じたくなくとも、それが事実なんですよね。私がルドルフとお昼寝していたりすると、宰相様が様子を見に来て、薄掛けをかけていくこともありますし」

「え」

「それを見た人達はほっこりしつつも、宰相様に生温かい目を向けながらこう思うそうです……『お母さんか、アンタ』と！」

「お……お母さん……」

「私はたまに『おかん』と呼んでいますけどね。宰相様って、人にも自分にも厳しいですが、基本的に面倒見がいいですし。対象が幼児モドキの私達だと、余計にその傾向が強まるらしく」

「……」

騎士様達にとっては予想外のことだったのか、呆気にとられた表情で私を見つめている。

ま、まあね、基本的に宰相様は厳しい表情を崩さないから、『冷徹』とか言われることもあったみたいだし、想像がつかない気持ちも判る。

でも、私とルドルフ＋α（アルファ）にとっては面倒見の良い、過保護な保護者様。

愛情深く、頼れる皆のお母さん。それがゼブレストの宰相様。

なお、宰相様にとってお子様認定されているのは、私、ルドルフ、セイル、エリザの四人。『お前達は目を離すと、何を仕出かすか判らん！』って言われているし。

それでも該当者達が『誰も』反省しないあたり、宰相様の苦労は続く。セイルのことは弟扱いしているはずだけど、彼に対する態度は完全に、私達『問題児』の側に組み込まれているし。

「……。ゼブレストの宰相様って……そういう方だったのか……」

「魔王様と同じく、愛情深い方ですよー」

だから、その『お前達が問題児というだけだろう』的な目で見るの止めれ。

私は……私達はきちんとお仕事してますからね⁉

第二十一話　続・騎士様の素朴な疑問

「……色々と予想外なんだが、まだ聞きたいことがある」

頭痛を堪えるような表情の騎士様はそう言って、再び私に向き直った。

「ガニアのシュアンゼ殿下についてだ」

「シュアンゼ殿下……ですか？」

「そう。今回、シュアンゼ殿下は未だに足が不自由という状況にも拘わらず、イルフェナに来た。先の一件のこともあり、ご自分が居心地の悪い思いをすることすら覚悟の上で」

「……シュアンゼ殿下は私と仲が良いですし、それだけ過去の一件のことで、魔王様に感謝しているということでは？」

無難なことを言えば、騎士様はじっと私を見つめた。

……。

疑われているようだ。

失礼な！『私の側から見たシュアンゼ殿下』は、それで合ってるんだから、いーじゃん！

と、言うか。

シュアンゼ殿下は今まで歩けなかったということもあって、表舞台に出たことなど皆無だろう。

そうなると当然、騎士様達は疑問に思うわけですよ……『自分の欠点を晒してまで、イルフェナに来る価値があったのか？』って。

はっきり言って、普通ならば来ない。シュアンゼ殿下へと好奇の視線が向けられることは想像に難くないし、探りを入れてくる輩の的になってしまうから。

常識的に考えた場合、『ガニアの第二王子、それも【あの】王弟の実子が、【足が不自由】という姿を他国に晒すか？』と、訝しむのが普通。

そもそも、『他国から魔導師の知り合い達が押し寄せている』という情報は、彼らがイルフェナに来て、初めて知ったはず。

つまり……シュアンゼ殿下からすれば、『他国の人々との交流は、イルフェナに来ることを決めた時点で予想外だった』ということ。

これがなければ、シュアンゼ殿下にとってはデメリットの方が大きい。外交慣れしていないことも含め、ラフィークさんが止めるだろう。

……ただし。

シュアンゼ殿下が、見た目通りに大人しい性格だった場合に限るけど。

「君は何も聞かされていない、と？」

「聞いていませんし、聞くこともないですよ」

——だって、私は私で動いていましたもん。

素直に言うと、騎士様達はこの襲撃事件の初期における私の行動を思い出したのか、納得した表情になった。……ただし、多大に呆れの滲んだものではあったけど。

い……いいじゃん！　ちゃんと重要人物の聖人様を連れ帰って来たし、襲撃犯達を煽って喋らせ、心に傷を負わせたんだから！

「あ～……すまない、聞き方が悪かったね。では、こう言い変えようか。今回のシュアンゼ殿下の行動を、君はどのような理由があったと予想する？」

「……」

唐突な質問に目を眇めれば、騎士様は笑みを浮かべたまま、無言で促してくる。どうやら、引く気はないみたい。

そんな彼らの姿に、私は内心、溜息を吐いた。

王太子殿下付きの騎士っていう役職は、伊達じゃなかったか。

畜生、やっぱり賢いな？

これ、非常に有効な聞き方なのですよ。『君はシュアンゼ殿下から何か聞いていたか？』と問えば、『知らない』としか返しようがない。

勿論、色々と話はしたけれど……それってあくまでも『個人的なこと』であって、『魔王様襲撃事件におけるガニアの動きについて』じゃないのよね。

今後の展望とか、友好を深めることはしたけれど、『襲撃事件についての行動理由』なんて、本人の口から聞いていませんから。

屁理屈と言うなかれ。私は灰色猫の味方なのだ。

いきなり拉致した騎士様達に恨みはないが、聞かれたことしか答える気はない。

……だけど、そこは修羅場慣れした有能な騎士様であって。

前述した私の思惑を察し、すぐに聞き方を変えてきた。こういった対処が即座にできる相手というのは、非常にやりにくい。

「あくまでも私個人の予想なので、事実とは違うかもしれませんよ？」

「ああ、それで構わない」

確認を取れば、微笑んで頷く騎士様。……誤魔化せないようだ。まあ、困ることはないから、別にいいけどさ。

「……シュアンゼ殿下は『守られる側』でいる気がないみたいなんですよ」

「は？」

「『今は』足がまだ不自由です。ですが、それも数年のこと。だからこそ、『今しかできない方法』を取って、今後に備えるつもりだと思います」

「……」

騎士様達は揃って複雑そうな顔をしている。……当然かな、『歩けないからこそ、シュアンゼ殿下はこれまで他国の目に触れず、表舞台に立てなかった』のだから。

似たような例として、イルフェナには『魔力が高過ぎ、威圧を与えるため、外交に向かない』とされた魔王様が居る。魔王様が悪いわけではないが、本当にどうしようもないことだったのだ。これはシュアンゼ殿下とて、同じ。

それが『どうしようもないこと』だと知っていた騎士様としては、私の言葉を素直に信じられないのですよ。魔王様の評価が変わったのも、私という異世界産のアホ猫が投下され、飼い主としての責任に追われたせいだもの。

つまり、『異世界人という【異物】なくしては、有り得ない結果だった』ということ。

だからこそ、騎士様達はシュアンゼ殿下の切り替えの早さが信じられないのかもしれない。魔王様だって、今の状況に落ち着くまでは色々と思うことがあっただろうしね。

「その、シュアンゼ殿下は優秀な方だと思うけれど……」

信じられない、という気持ちは、騎士様の言葉にも表れている。『優秀な方だと思うけれど……』って言ってるもんな。『優秀な方』と言い切るんじゃなくて。

……だが、その認識はあくまでも『能力に対する評価』。

「見た目で騙されているのかもしれませんが、シュアンゼ殿下は大人しくないですよ」

ふっと笑って騎士様達を見ると、何を思ったのか、騎士様達は揃って顔を引き攣らせた。

「会った当初はともかく、今となっては、私を都合よく使う気満々ですから、あの野郎」

「え」

唐突な暴言に騎士様達は絶句するが、私の暴露は止まらない。

「そもそも……あの人、ガニアの一件の時から大人しくはありませんでした。一応、幼少期には親の愛情を求めた期間があったらしいですが、見切りをつけるのも早かった模様です」

ラフィークさん情報なので、これは確実。ただし、今となっては完全に黒歴史。少なくとも、私がガニアに滞在していた時には両親に対し、『自分ごと殺ろう』的な発想になっていた。

「自分ごと葬ろうと口にする輩が、大人しいなんてありえませんよ。嘆くことも、悩むこともなく、王弟夫妻に殺意を向けてましたから。よって、私も心置きなく色々とできたわけです」

「そ、そう」

騎士様達はドン引きしているが、事実であ〜る！　シュアンゼ殿下は意外と気が強いのだ。

第一、シュアンゼ殿下が苦悩しているようなら、魔王様の命令──『シュアンゼ殿下を守れ』というもの──遂行（すいこう）のために、別の決着を選ばなければならなかった。


だからと言って、欠片も悩まず殺意一直線には驚いたが。

見た目が華奢（きゃしゃ）で大人しそうだが、シュアンゼ殿下の中身は割と私に近い。


「それにですね！　あの人、既成事実を作ろうと画策し、迫ってきた令嬢を杖でぶん殴ってますからね⁉　体を支えることが第一の目的だから、強度だけはあるって伝えておいたのに！」

「……。ちょっと待ちなさい。ろくに身動きできないシュアンゼ殿下相手に、既成事実を作ろうとした令嬢が居たと？」

「居ました。と言うか、私が行く前から居たみたいですが、私がシュアンゼ殿下の傍に居るようになって、王弟や彼の派閥の貴族が、様々な意味で危機感を抱いた模様です」

騎士様達は苦い顔だ。見たこともない令嬢に対し、嫌悪を抱いているのかもしれない。

……が。

ご安心ください！　私は超できる子なのです……！

今一つ危機感に欠けるシュアンゼ殿下サイドの人々に対し、経験を持つ友人達から話をしてもらい、その対策もきちんとしていたに決まっているじゃないですかー！

「あ、勿論、無事ですよ。なにせ、私が渡した杖は特別製で、仕込み杖になってますからね！　持ち手を捻って抜けば、牽制程度にしか使えないとはいえ、衝撃波が打てる魔法剣ですよ！　凄いでしょ！　なお、残りの部分は体を支える魔法が発動するので、立つことだけなら可能です。だから、普通の杖より長いんですけどね」

「……待って？　報告書には『治療の一環として、特注の杖を進呈』ってことのみ、書いてあったと思うけど⁉　攻撃もできるなんて、聞いてないよ⁉」

「だから、特注品なんですよ。私だけじゃなく、シュアンゼ殿下も暗殺を狙われましたからね～。そのための対策です。まあ、王弟一派だけじゃなく、王を支持する一派から見ても、シュアンゼ殿下は危険要素でしたから。治療以前に、命大事」

「……っ、それで、そんなに物騒な物を渡したと？」

「勿論、国王一家からは心配されました。攻撃性能有りの杖という説明をした際、最初は『遣り過ぎは拙い』的な意見もあったくらいです」

その言い分も間違ってはいない。あの時、ガニアは王と王弟が揉めており、国を二分する事態になっていたのだから。下手に怪我を負わせて、責任を追及されても困るとでも考えたのだろう。

ただ、王弟派にとって不幸だったのは、私が来たこと。要は、相手が悪かった。

それに加え、当時の私とシュアンゼ殿下には味方があまりにも居なかった。その結果、私達に敵を気遣う余裕などなく、気遣う気すらなかっただけ。

つまり、二人揃って『やっちまおうぜ☆』という心境でした。滅殺上等です♡

うっかり遣り過ぎても、こちらは王族と『世界の災厄』なので、仕掛けた奴らの自業自得。

「だから、他国の経験者達から魔道具経由でアドバイスを貰いまして。……ああ、大丈夫ですよ。匿名な上、音声のみだったから、証拠も残りません」

「……。ちなみに、その人達の国って？」

「ゼブレストとカルロッサです」

きぱっと言い切ると、騎士様達は沈黙した。カルロッサはともかく、ゼブレストは誰のことか判ってしまったのだろう。

「いやぁ、経験に基づく意見は説得力がありますね！『絶対に過剰防衛ではない！』って言い切ったり、『抗う姿勢を明確にして、王弟の味方ではないと見せ付けるべき。情報の拡散と当座の味方は魔導師担当』ってアドバイスしてくれたり」

「……それ、ルドルフ様と宰相殿では？　って言うか、君も当たり前のように戦力に組み込まれているんだね。だから物騒な発想になったのでは？」

「……」

「横を向かない」

「黙秘権を主張します！　匿名のままなので、この場でも匿名です！」

嘘ではない。本当に『Rさん』『A氏』『S』という名で通したもの。いくら何でも、親しくもない他国の王族＋αが、ガニア王家にアドバイスってのは拙いと思うんだ。

だから、匿名のままです。『似たような事柄を経験した、魔導師のお友達』でいいの！

「ちなみに、一番ぶっ飛んだ意見がSでした。奴は何の躊躇いもなく『殺ればいいのですよ』って言った後、『女性が隠し持てる大きさの短剣を用意しておき、自分を少し傷つけなさい。そして、叩き切った後はその短剣を【犯人】の近くに落とし、王族殺害未遂に仕立て上げろ』的なことを言ってましたからねぇ」

『え』

「くだらない輩達への見せしめとばかりに、一族郎党を破滅させることを提案してきました。まあ、そう思ったのにも理由があって、『令嬢が単独で忍び込むには無理がありますし、部屋の周囲に協力者がいることが前提の策ですから』……って言ってましたよ」

「ああ、そういった意味も含めての『見せしめ』なんだね」

「ええ。警備をしていた騎士の証言……という意味でも、そのご令嬢に協力者は必須だったんでしょう。まあ、失敗した時はそのご令嬢だけでなく、共犯者達も破滅ですけど」

騎士様達は同業者が共犯と聞き、嫌悪を露にした。自分達の職務に誇りを持つからこそ、王族を護衛する立場にありながら裏切るような輩が心底、嫌いみたい。

……が。

そうはならなかったのが、現実でして。

「そもそも、計画の時点で破綻してますよ。シュアンゼ殿下、大人しくないもん。シュアンゼ殿下の抵抗が、『襲おうとした令嬢の顔ぶん殴り』ですから。どう考えても、『シュアンゼ殿下からのお誘い』にはならないでしょ」

「う……ま、まあ、無理があるよね。ただ、呼び付けられなければ、王族の私室になんて行けないだろう？」

「そこらへんは親である王弟の暗躍では？　成功したら、口を出してきたと思います」

「はぁ……そんな手段を取られるなんて、本当に仲が悪かったんだね」

騎士様はシュアンゼ殿下の所業に引いているが、この一件で面白いのはこれからである～る！

「私とテゼルト殿下が駆けつけた時、犯人の女は顔を押さえて床に転がってましたからね。で、今度は私が犯人のターゲットになりました。……シュアンゼ殿下のせいで」

「は？」

「シュアンゼ殿下は私のことを『特別な人』と言ったらしいんですよ。勿論、『【足を治す】という奇跡を見せてくれた特別な人』という意味なんですが、誤解させるように省略したらしく」

「……。当時の君はシュアンゼ殿下と一緒に居ることが多かっただろうし、部屋に入り浸(びた)っていたわけだろう？　味方という意味でも、勘違いした人を責められない気が」

ですよねー！　ええ、これについては灰色猫が悪いと思います。間違いなく、奴は『仕掛けた側』です。愚か者達が利用されただけ。

だって、事前に『そういった事態を逆手に取って、追い込め』ってアドバイス受けていたし。

灰色猫なシュアンゼ殿下は人々の善意から来るアドバイスを真摯に受け止め、個人的な感情――嫌悪――もあって、実行に移したわけですな。

その結果が、『令嬢の顔、ぶん殴り』である。『死ななきゃ、いいや』という感情が滲み出た実力行使……素直と言うか、容赦がないと言うか。

「で、彼女は私を責め出したんですが。『貴女の行ないが全部、魔道具に記録されてるよ♪』って教えてあげたら、奪い取ろうとしてきたんですよ。そこで『つい、うっかり』、『条件反射で』彼女の勢いを利用し、壁にぶち当てました」

『おい』

騎士様達、突っ込みありがとーう！　でもね、襲い掛かってきたのは彼女の方。しかも、物凄く綺麗に決まったと思うの……コントみたいに。

と言うか、咄嗟に魔法を使わなかっただけ偉いと、私を褒めるがいい。

「そうは言っても、動ける状況にしておきたくなかったんですよ」

「何故」

「室内には、テゼルト殿下とシュアンゼ殿下。二人とも男性なので、ろくでもねぇ女だろうと、『非力な女性』じゃないですか。情報操作で、被害者面されても嫌だなって」

「ああ、確かにそういうことをやりそうだよね」

そうだろう、そうだろう。そんな女を野放しになんて、しちゃ駄目だろう……！

「なので、『何しやがる、この痴女！　やる気か、喧嘩なら買うぞ⁉』って、部屋の外にも聞こえるように怒鳴って私が部屋を出る前に彼女の顔面に膝を一発入れておきました。勿論、室内に居た王族二人が『私が被害者であること（重要！）』の証人です」

「……え？　ち、痴女⁉」

「一般的な令嬢を基準にするなら、立派に痴女じゃないですか、男性を襲うなんて。その後すぐに私は部屋を飛び出し、人の多いところを駆け回りながら、思っていることをぶちまけました」

「……。ちなみに、どんなことを？」

嫌な予感を覚えたのか、顔を引き攣らせる騎士様。そんな彼に対し、私はにやりと笑い。

「『真昼間から男性を襲う痴女が出た～！　者ども、出会え～！　顔と地位が揃った男は危険だ、警戒せよ～！』」

「え」

「『気に入った相手を襲い～！　既成事実を作るのがぁ～！　ガニアの貴族かぁ～！』」

「ちょ、ま、待って！　本当にそれを叫んだのかい⁉」

「『王族相手に色仕掛けをしてぇ～！　拒絶されれば被害者面するのがぁ～！　ガニアでは淑女だっていうんですかぁ～！』」

騎士様達はぎょっとしているが、事実である。私はこの事実を『正しく』認識してもらうため、大声で触れ回ったのだから。

「『この事実を～！　他国の友人達に伝え～！　警戒してもらわなきゃ～！』」

「ん？」

「『明確な処罰がされない限りぃ～！　この国の貴族達はぁ～！　痴女やその協力者と同類ぃ～！』……と、いう感じです。いやぁ、皆さん、慌てていましたねぇ」

「……！　君、狙いはそれか！」

さすがに狙いが判ったらしく、騎士様達は呆れから一転、驚愕の表情だ。

はは、私は『イルフェナから来た異世界人』。ガニアの人間じゃございませんよ、身分も柵も関係ねぇっ！

しかも、他国に『仲の良い高位貴族や王族の友人達』が居ることも知られている！

そんな人間が、各国にこのことを触れ回ったらどうなる？

いくら否定しようとも、ある意味、当事者の私の方に軍配が上がるぞ？

「仕掛けてきたのは向こうなので、私はそれを利用するまでですよ。最終的に『魔王様の所に帰りたい～！　会って、このことを全部暴露するぅ～！　翼の名を持つ騎士達に泣きつくぅ～！』って喚いてたら、城中の人間が冗談では済まない事態だと悟ったようです。ざ・ま・あ☆」

「うん……うん、そうだろうね。君は本当にやるだろうからね」

「私視点且つ、私に都合の良い解釈で報告されると、嫌でも理解できたでしょうからね。だから、『シュアンゼ殿下の醜聞』ではなく、『ガニアの常識を疑う、魔導師の思い込みを正す』という方向で認識されました。報告書と差があるのは、そのせいです」

そう締め括ると、騎士様達も納得してくれたようだった。理解があって、何よりです。

報告書に書かれている内容も嘘ではない。嘘ではないが、より重要な方――この場合、『ガニアの品位が疑われること』――が重要視されたため、騒動の詳細までは書かれていないのだよ。

報告書の中では『事の発端は、シュアンゼ殿下を害そうとした者達が云々』となっているだろうけど、実際にはこんな馬鹿な騒動が起きていたのである。

そりゃ、騎士様達も吃驚ですね！　隠蔽工作が『ガニア側の事情』だと理解できますよね！

突っ込みどころ満載、あまりにもアレな事実に、脱力するのも当然です。

「君さぁ……愉快犯と言うか、どうしてそこまでするの」

「必要だからですよ。そのためならば、私が道化になることも厭いませんし」

「必要……？」

私の答えに、訝しげな顔をする騎士様。王弟の追い落としはともかく、シュアンゼ殿下のためにそこまですることが意外だったのだろう。

……が。

私は超できる子なので、これは必要なことなのですよ。

「だって、魔王様から『シュアンゼ殿下を守れ』って言われてますし。様々な意味で守るならば、シュアンゼ殿下に仕掛けられる醜聞だって、それに該当するでしょう？」

「！」

驚くでない、騎士様よ。私は魔導師、ただでさえ『世界の災厄』扱いなのだ……悪評の一つや二つ増えたところで、今更じゃん？

って言うか、これまでの所業に比べたら、問題点をずらすことなんて可愛いものじゃないか。

「『悪戯好きな黒猫だけど、飼い主の言うことは聞く』って、こういうことなのか」

それで合っていると思います。……ただし、飼い主が普段から苦労するだけで。

第二十二話　続々・騎士様の素朴な疑問

まだまだ続くぞ、灰色猫の暴露。

「そんな感じで、あっさりと両親に見切りをつけたシュアンゼ殿下ですが、彼の敵は王弟派だけじゃなくてですね」

微妙に暈(ぼか)した言い方をすると、騎士様達は顔を見合わせた。その表情に、私はそれが公然の秘密のような扱いであったことを悟る。

ああ、この反応……報告書に書かれていなくても、ある程度は察していたな。

まあ、ある程度の情報を持っていれば、シュアンゼ殿下の立場が超絶微妙なものであると察することができるだろう。

別に、『シュアンゼ殿下が表舞台に出てきていないこと』が理由ではない。当時の彼の状況と言うか、シュアンゼ殿下の立場が悪過ぎたのだ。勿論、当の本人に非は一切ない。

王弟の実子だと、当然、王位継承の順位は高いよね。

しかも、王弟って、先代の王妃様の実子だもんね。

本人にその気がなくとも、親が勝手に後ろ盾だと吹聴(ふいちょう)するかもしれないよね。

って言うか、シュアンゼ殿下本人の性格その他が他に知られていないから、偽者を立てても、王弟夫妻が認めれば、本物で通っちゃうよね……！

誰がどう見ても、ヤバイ立場です。本当にありがとうございます。

そんな立場の人を『守れ』と命じる、魔王様のスパルタ振りよ……！

……で。

そういったことを察せちゃう人達からすれば、私は『得体の知れない生き物』認定待ったなし！　なのですよ。普通は引き受けないからね。

騎士様達の心境を説明するなら、『こいつ、何であっさり引き受けちゃってるの……。何で、成し遂げられてんの⁉』って感じだろうさ。

テゼルト殿下を筆頭に、ガニア国王夫妻までもが私の味方のようになったのは、『シュアンゼ殿下を罪に問わずに生かす』ということが、Sランク難易度だったからである。

……要は、『自分達には不可能なので、任せる』ってこと。

王弟夫妻をバッサリ処罰しようが、王弟一派はすでに『遣り過ぎていた』。王に忠誠を誓う国王派の貴族達だろうと、その忠誠心の高さから『元凶と、何かしら遣らかした連中を処罰しました』では済ませてくれないほどに。

少なくとも、全ての元凶である王弟の実子であり、継承権を持つ男性王族であるシュアンゼ殿下の連座だけは、どう頑張っても免れなかったはず。

『早めに王弟夫妻をすっぱり殺っておけよ』と、誰もが思ったことだろう。

だらだらと先延ばしにした結果、被害が拡大したじゃねーか！

ガニア王の躊躇いが、ここまで影響を及ぼしているのだ。いくら何でも、イルフェナ所属である私にも被害が出た以上、見て見ぬ振りはできまい。

……しかし、そこまで放置していたのもガニア王ご自身なので。

前述した理由により、私はガニア国王夫妻をあまり信頼していなかった。本来、王になるはずだった王弟に仕えるよう、教育が徹底されていたとしても。

連座で処罰される可能性があるため、テゼルト殿下もシュアンゼ殿下を生かす方向に動くことが予想された。よって、私は最後の断罪をガニア勢には伝えなかったのだ。

「正直に言って、王弟一派が遣り過ぎていたんですよ。だから、国王派の貴族達も、シュアンゼ殿下の存在を無視できなくて。『シュアンゼ殿下は何もしていない』って判っていても、不安要素は消しておけって感じになっちゃったんです」

「まあ、テゼルト殿下の対抗馬になるのは仕方ないと思うよ」

「ですよね。そこに加えて、私が味方しちゃったものだから、そういった発想になる人達が余計に危機感を募らせてしまいましてねー……」

「ああ……」

認めたくはないが、私が国王派に行動を起こさせる一因になってしまったのは、紛れもない事実なのである。

……が。

私が来なくても、シュアンゼ殿下は『テゼルト殿下の対抗馬になる可能性を消すために暗殺』か『王弟一派の希望を砕くために暗殺』の二択だったと思われる。

だから、当時の灰色猫は身の危険を顧みなかったわけですね！

お前はそれでいいかもしれんが、叱られるのは私だっつーの！


「そういった雰囲気を私以上に感じ取っていたのが、テゼルト殿下とシュアンゼ殿下なのですよ。そして、彼らはシュアンゼ殿下を囮にすることを思いつきました」

「ま、まあ、そうなった事情も仕方な……」

「対処法に私を巻き込んで。間違いなく、私は番犬替わりか、牽制要員。忠誠心溢れる愚か者達が行動した場合、ガツン！　と叱れるよう、巻き込まれたイルフェナの猫」

『え』

「直接言われてませんけど、絶・対・に！　この計画を立てたの、シュアンゼ殿下です。テゼルト殿下なら、私を巻き込まない」

視察と言いつつ、襲撃された際は落ち着きまくっていたじゃないか。頭脳労働職である以上、疑おうってものですよ……『計画立てたの、お前かいっ！』って。

よって、私も『遠慮なく』やらせていただいた。

「巻き込まれるのは仕方ないにしても、利用されるとムカつくんですよね。なので、子供の悪戯を何倍にも悪質にした、所謂『大人の悪戯』で迎え撃たせていただきました」

「ええと、それって……」

思い出したのか、顔を引き攣らせる騎士様。そんな騎士様に対し、私はいい笑顔で頷いた。

「ご覧になったと思いますよ？　阿鼻叫喚の地獄絵図、もとい『いい歳した大人達が、魔導師の玩具と化す爆笑映像』。なお、元凶であり、最も狙われるだろうシュアンゼ殿下にも、ご協力いただきました。誰が、高みの見物なんてさせるか」

「いや、ちょっと聞いていいかい？　提出された報告書には『シュアンゼ殿下を守りつつ、魔導師が応戦』って書かれていたんだけど」

「それで合ってますよ。いやぁ、狙われるのが私か、シュアンゼ殿下か判らなくって！『じゃあ、一緒に居ればいいや』と判断し、シュアンゼ殿下をこう……こんな感じに抱き上げましてね」

腕を使って、お姫様抱っこを連想させる動きを見せると、多くの騎士様達がドン引きした。しかし、中には冷静な騎士様もいらっしゃるらしく。

「いやいや、君は非力だから無理だろう」

当然の疑問点を口にしてきた。まあ、私が非力ってのは事実ですからね。

「大丈夫です！　シュアンゼ殿下の重さを限りなく軽くする魔道具を持ってましたから」

「何故」

「非力なので、よく使うんですよ。その応用って感じですね」

「……応用技術と発想は素晴らしいと思うのに、素直に誉め言葉が出て来ない……！」

喧しい。

「勿論、不敬罪とか言われて、借りを作りたくなかったので、ちゃんと事前に前述した必要性を説いて、許可を得ましたよ？『男としてのプライドを捨ててください』って」

「……何だって？」

「『男としてのプライドを捨ててください』って、正直に言いました。だって、私は報告の義務があるじゃないですか。……各国にばら撒かれるんですよ、その映像」

ニヤリと笑えば、騎士様達は今度こそドン引きした。悪質さが理解できたようで何より。

ただ、それだけではないと気付く人もいる。

「君さぁ……それ、シュアンゼ殿下への嫌がらせも入ってない？」

「さぁ？」

「あと、勝手なことをした忠臣達をコケにしたかったとか」

「あらあら、何のことやら～♪」

知～らない♪　と笑顔でスルーする私に、騎士様は深々と溜息を吐き。

「遊ぶんじゃありません」

「嫌」

「こら！」

「だって、真面目にやってられなかったんだもん！」

起こった事柄だけを見ると、かなり厳しい状況だった。そして、私が頼れる人は傍に居ない。

……シュアンゼ殿下？　彼は共犯者ではあるけれど、国王一家が最優先なので除外。

そんな状況になると、誰だってこう思うだろうよ……『やってられるか！』と！

「魔王様も呆れてましたけど、私は当事者でしたからね⁉　って言うか、私の役目は『シュアンゼ殿下の護衛』であって、『国王一家の手駒』じゃありません。それを理解していただく意味でも、ちょくちょく反撃はしてましたよ」

「それは！」

「都合よく勘違いしないで欲しかったんですけどねぇ……」

呆れたように肩を竦めると、さすがに騎士様達もそれ以上の文句を言う気にはならなかったのだろう。顔を見合わせると、仕方ない、というように首を横に振った。

そんな姿を視界に収めつつ、私は当時を思い出して怒りが込み上げる。

私が他国でお仕事するのは『依頼があったから』であって、『都合の良い手駒』になりに行くわけじゃないいんだけどねぇ？

たまに誤解する人が居るけど、『手駒として貸し出されている』わけじゃないからね？

『こんな状態にしてほしいんだけど』的な依頼を受けて動くけど、基本的に策を組み立てるのは私です。つまり、私が個人的に動くだけ。他の人達は情報収集といったお手伝い。

判りやすいのが、カルロッサでジークに恋する女性騎士をメたことだろうか。

あの時は『求められる決着』が判りやすかった上、私は依頼主代表の宰相閣下に情報提供くらいしか求めていなかった。

……『あちらの指示に従ったわけではない』のですよ。キースさん達はお目付け役扱いで一緒に居たけど、それだけだし。

「そんなことがありまして、私は北での異世界人の扱いを学んだわけですよ。無意識だろうと、悪意がなかろうと、南では考えられない失態ですね」

「……なるほど。それで君は、ガニアは『シュアンゼ殿下と仲が良いだけ』って感じなんだね」

「ええ。あの人はそれを理解できているから、利用するなら、交渉を持ちかけるでしょうしね。それに、自分が利用される側になることも納得しているんですよ。だから、私がガニアで協力を仰ぐなら、シュアンゼ殿下一択です」

頷きながら理由を口にすれば、騎士様は何とも言えない表情で溜息を吐いた。

「……エルシュオン殿下の教育は正しかったんだね」

当たり前じゃないですか。自慢の親猫様ですよ！

第二十三話　白騎士さんは微笑みの裏で考える

——イルフェナ王城・エルシュオンの執務室にて（アルジェント視点）

「……あの」

「何かな？　ファレル」

「本当に……本当に、こんなことをしていて宜しいので……？」

「はは、気にすることはないよ。ゆっくりしていけばいい」

「そ、そうですか……」

優雅にカップを傾けるエルに対し、ファレル殿は困惑しているようでした。そんな彼の姿に、笑いが込み上げます。……まったく、噂とは面白いように広まってくれるものだと。

エルに関して流れる噂がこれまでとは全く違うものになってきたからこそ、ファレル殿達は行動したのでしょう。

今のままでは、ミヅキとの接点もありませんしね。『自分達の目で見て、判断したかった』と言ったところでしょうか。

そもそも、この国の王族の皆様は、たやすく噂に流されるような可愛げ……失礼、愚かさなど持ち合わせておりません。

そのような無能さを晒せば、即座に『不要』という烙印を押され、徐々に表舞台から遠ざかっていくでしょう。

……これは別に、非情というわけではありません。

はっきり言ってしまえば、『王族として生きていくことが困難』なのです。そのような方ですと、守護を担う忠義者も『それなり』でしょうから。

我が国イルフェナは『実力者の国』と呼ばれるほど、能力重視の傾向が強い。また、爵位に伴う責任も重く、爵位が高い者ほど有能であることを求められるのは当然のことなのです。

そして、王族の側近となる者には、それなりの身分が必要になってきます。これは差別というわけではなく、他国の方を相手にした場合に対する措置として必要でした。

身分を盾に、主の傍から遠ざけられたり、発言を退けられたりしては、困るでしょう？

自国内だけならば、身分は問わなくとも問題ないのかもしれません――『王族の側近』という地位があるためです――が、他国ではそうはいきませんので。

よって、必然的に高位貴族にある者が選ばれることになっておりました。私やクラウスがエルの幼馴染となったのも、側近候補という意味合いが強かったのです。

――もっとも……エルを主に選ぶか、否かは、私達に委ねられていたのですが。

『側近候補となる者達から、主に選ばれる存在であれ』。

忠誠心を抱くに相応しい存在であると、我が国の王族達は示さねばならないのです。こういった暗黙の了解があるため、王族の血を持つだけでそれなりに認められる他国の方が、よほど緩いのでしょう。

……だからこそ。

それらを知る他国の王族や高位貴族達は、イルフェナの王族達を警戒するのです。見せている姿が全てではない、と。

外交に『イルフェナの王族』として出てきた場合、無能振りを晒すことなど有り得ませんからね。

生まれ持った魔力による威圧があったにせよ、エルが過剰に恐れられたのは、こういったイルフェナ王家の一面も影響していたと思います。

まあ……エルも結果を出すことに執着しておりましたので、若輩と侮っていた方達はさぞ、恐ろしい思いをしたのでしょうけど。


そして、今はミヅキがエルと同じ道を辿っているのです。

異世界人と侮られ、見た目で小娘と軽んじられ、それすらも利用して、結果に繋げる黒い子猫。

ミヅキ自身の努力も相当ですが、エルを昔から知っている者達は一様にこう思ったでしょう……

『親猫の背を追ったか』と。

そういう意味でも、エルとミヅキは『猫親子』と呼ばれているのですよ。エルに自覚はないようですが、そっくりなことをしておりますので。


なお、ミヅキの方がエルの数倍凶暴であることは言うまでもありません。


ここらへんは、個人の性格の差が出たということでしょう。まあ、自己中心的な性格をしているミヅキとエルでは、差が出て当然と言いますか。

ミヅキへの過保護やルドルフ様への情、ジーク達への気遣いといったものを見ても判るように、エルは大変善良な性格をしておりますので。

余談ですが、ミヅキ曰く『私は殺るか、殺られるかの状況なんだから、手加減する必要性を感じない』とのことでした。

……。


つまり、『敵意があるのはお互い様だから、相手も文句を言えない立場』ということですね。

過保護な保護者様が聞いたら、激怒必至です。ミヅキが詳細を報告したがらないのは、こういったことも理由の一端なのでしょう。

エルとて、さすがに終わったことを蒸し返す気はないでしょうが、何らかの機会にその『お相手』に会ってしまったら……チクリと遣り返すことはするかもしれません。

エルは誰の目から見ても、子猫が可愛くて仕方ない過保護な親猫様ですので。

……そのような現実を知っていますと、目の前のファレル殿が感じているだろう、居心地の悪さも納得です。

警告を伝えに仲間達の下に行きたくとも、逃がしてもらえず。

エルの威圧と怒りの籠もった笑みを、正面から受けねばならず。

エルによる、アフターフォローも絶望的。

正直、彼らがどれほどミヅキに心を抉られているかが気になりますし、己の目で見られないことが非常に残念なのですが、これはこれで楽しいですね。

そもそも、エルに一言断りを入れておけば、何の問題もなかったわけですから。

ただ……確証はないのですが、何となく、陛下の暗躍があったような気がしてなりません。あの方は忙しい立場に加え、様々な要因で息子達と接する時間が少なかったものですから。

ミヅキという接点を見付け、嬉々として息子達を構っているように思えてならないのです。

ミヅキはアルベルダ王陛下を『少年の心を持つ親父様』と言っていましたが、我らが陛下も大概なのです。寧ろ、同類に近いでしょう。

滅多に親を頼らない息子達との時間を作るべく、画策しても不思議はありません。そもそも、エルの（無自覚な）ミヅキへのスパルタ教育は、陛下譲りのような気が。

顔こそ母親似ですが、今のエルは微妙に陛下に似ているような気もする……んですよね。

これまで真面目と言うか、隙がない息子だったエルの本性が表に出るにつれ、陛下達は構いたくて仕方がなくなったのかもしれません。

……エルは本当に、幼い頃から『手が掛からな過ぎる良い子』でしたから。

それが緩和されつつある今、王太子殿下は皺寄せと言うか、巻き添えになる形で、陛下の掌の上で転がされているのではないかと思います。

王太子殿下の性格を考えますと、絶対に自分の目でミヅキを確かめようとすると思うのですよ。勿論、彼の騎士達も。

そこを突かれ、今回の『強制的なご招待』に繋がっているような気がしてなりません。

——まあ、それも『楽しき日々』なのでしょうけど。

既に(すで)エル達は幼い子供ではなくなってしまいましたが、これからは同じ目線での言葉が交わせると思うのです。エルとて、今回のことを抗議するという名目で、兄上様と遠慮のない遣り取りができるでしょうし。

そのうち、ミヅキも当たり前のように、あちらの皆様に構われるかもしれません。

……。

エルの愛猫(あいびょう)として。

第二十四話　とある王子様の独り言

――イルフェナ・王太子騎士寮にて（王太子視点）

「……」

騎士達の間に隠れながら、私は何とも言えない心境で魔導師殿を見つめた。『隠れている』などと言っても、今の私は騎士の一人を装っているだけだ。

ただ、魔導師殿に直接会ったことはないから、きっと彼女は私の顔など知らないだろう。何より、過保護な我が弟は、この子を厄介事から遠ざける傾向にある。

そういった意味でも、このように無理矢理な方法を取らなければ、今後、魔導師殿との接点はない。これは確信だった。

彼女は異世界人、それも魔導師なのだ。

そして、私はこのイルフェナの次代の王たる存在である。

ゆえに、私と妃は異世界人――魔導師殿に関わることを避けていた。父上達とて、直接の関わりを持ち出したのはつい最近である。

エルと魔導師殿の距離が近いからこそ、いざという時に『抑え役』を担える者まで、仲の良い姿を見せるのは宜しくない。厳しい対応ができないと、周囲に判断されてしまうから。

……が。

魔導師殿とエルは、こちらの思惑を綺麗にすっ飛ばして、妙な方向に成長を遂げていた。

何故、エルは魔導師と言えども異世界人のあの子に、我々ですら吃驚の教育を施すのだ。

何故、あの子はそれにあっさりと馴染めるのだ。

何故、本来ならば、それを止める存在であるはずのアル達が後押ししているのだ……！

……。

様々な事情があったせいもあり、弟が異様に自分自身に対して厳しいのは知っていた。ある意味、それも仕方ないことだと理解もしよう。

それはいい。そこまでならいいんだ。エルとて、『実力者の国』と呼ばれるイルフェナ、その王族の一人なのだから。

問題は、どう考えても……エル発案らしき魔導師殿への教育にある。

魔導師を名乗る以上、危険視されることは避けられない。『力』とは時に、畏怖されるもの。本人がよく判っていないならば、後見人たるエルが色々と教えるべきなのだ。

しかし、何～故～か、エルはそういったことは教えずに、『一人で生きて行けるように』と言わんばかりの教育を施した。

と言うか、どうも報告を聞く限り、最初から魔導師殿自身の選択を支持し、本人の意思を最優先にしてきたように思う。……異世界人には『飼い殺される』という選択もあるというのに、あえてそれを教えなかったのだから、そう判断するしかない。

『飼い殺す』など言葉は悪いが、それもまた異世界人を守ることに繋がるのだ。たった一人で放り出された異世界、そこで生きていくのは簡単ではないのだから。

……そう。

『簡単ではないはず』なのだよ、普通なら……！

それが一般的な考えであり、大半の者達とてそう思っていたはずだ。イルフェナでさえ、民間人が貴族階級に馴染むには時間がかかるじゃないか。

それを知っていたら、それ以上に大変だと……常識さえ違うことが壁になるのだと、思うことが普通だろう。

しかし、魔導師殿――ミヅキは普通ではなかった。

そして、その後見人たるエルも普通ではなかった。

誰かが無理にでも距離を詰めておけば、その教育の異様さに気付いたのかもしれない。まあ……気付いたところで、二人の在り方を『(様々な意味で) 良いもの』として捉えているらしい騎士達に脅は……いやいや、『説得』され、何もできずに終わる可能性も大いにあるが。

エルやミヅキばかりが目立っているが、あの騎士達も相当なのだ。寧ろ、二人よりも厄介だと私は思っている。

それは私の騎士達も同様で、『できれば揉めたくない』というのが本音だとか。

……。

過去に何があったのか、非常に気になるところである。

絶対に、爵位や功績を誇示されたといった、普通の嫌がらせじゃあるまい。


他国ではどう思われているか判らないが、エルの騎士達は我が国においても群を抜いて優秀で、同時に性格が悪いと評判だった。

なお、それが彼らに婚約者の一人もできない理由である。

いくら顔が良くて優秀だろうと、将来がどれほど有望であろうとも、人間性に難ありでは、まともな信頼関係など築けまい。

元より、騎士とは家庭よりも仕事と忠誠を優先する職業なので、女性によっては『憧れるけれど、恋人や家族としてはどうかと思う』と判断されがちだった。

そこに更なる不安要素などが加われば……まあ、まず恋人からは振られるだろう。女性は存外、シビアな目を持っている。

それを別にしても、エル達の評価はどんどんおかしなものになっていったのだ。当然、私も放っておくことはできず、それなりに調べている。

●『執務室で二人が仲睦まじく過ごしている』という噂について
さすがにエルがそんな真似をするはずがないと、手の者を向かわせてみた結果、『ある意味では正しい』という結論が出た。

……執務机に座ったエルの背に、ミヅキが張り付いているだけ、だが。

その上、ミヅキはエルの手元を覗き込んでおり、時折、小声で会話を交わしている、と。

『結論』

ただの教育だった。ただし、私的には『何をしてるんだ、エルぅっ！』という心境である。

おい、民間人でしかないミヅキに一体、何を教え込んでいるんだ⁉

●『猫親子』という表現について

これも部下を向かわせてみたところ、帰って来た者は盛大に困惑した表情で、『二人して、魔道具らしき猫耳を着けていました』と報告。どうやら、耳が勝手に動くらしい。

意味が判らず、その場に居た全員が首を傾げ、それが事実と判ると、大混乱に陥った。

『結論』

二人の仕草や遣り取りが猫っぽいだけでなく、ある意味、事実だった。

と言うか、仕事中に遊ぶな！　お前ら。

魔導師……ミヅキの性格がかなり……その、変わっているという報告は受けていた。ただ、彼女は異世界人だし、多くの者は『そういうこともあるだろう』で済ませていた。

常識さえ違う世界出身なら、性格その他に違いがあっても不思議ではないだろう、と。

しかし、エルはそうではない。正真正銘、この国の王族なのだ。

にも拘わらず、エルはしっかりミヅキに感化され、最近では後見人と言うより保護者、もっと言うなら、その教育方針は完全に子猫を持つ親猫である。

『弟君って、何か雰囲気変わりましたよね』とは、私の騎士の言葉だ。……『親猫じみてきましたね』と言わないあたり、彼らの気遣いを感じる。

ただ、以前のピリピリした感じのエルと比べると……今の方が感情を出すようになったと思う。

そこだけは素直に感謝していた。ミヅキだけでなく、今までエルを守ってくれていた騎士達にも。

ただ……。

「眠るのは死んでからでもできます！　まずは報復ですよ！　嘗められたままだと、馬鹿は調子に乗りますし」

……。

「落ちるところまで落ちたら、後は這い上がるだけですよね。寧ろ、そこからが本番でしょう！　絶望するような状況から始まる快進撃！　弱者と侮られたからこそ、完膚なきまでに叩きのめした時は、気分爽快です。私にとって、楽しい時間の始まりですよね」

……。

「隙がないなら作ればいい。落ち度がないなら、陥れればいいじゃないですか。貴族なんて、敵を陥れてなんぼですし、彼らの遣り方に付き合うまでですよ。裏工作上等・権力争いが常の人達に、正義や人としての良心とかを語られてもねぇ……」

……。

ミヅキはその……かなり変わった性格（善意方向に解釈）をしているらしく。

不安になることも事実なのだ。と言うか、『世界一平和な国に暮らしていた』とか言う割に、どうしてそう攻撃力高めの発想にしかならないのかな、この子。

しかも、それを誰も止めないのが現状だ。清々しいまでに、野放しである。

エルは一応、叱るけれど……それ以上に、ミヅキが無事に帰ってくることを願っているので、色々と手を回しているに違いない。

彼らが楽しそうなのは判るし、エルに対する評価が劇的に変わったことも喜ばしい。ただ、私はこう思うんだ……『エルの威圧が気にならなくなるくらい、ミヅキの言動その他にパニックを起こしているだけではないか？』と。

と言うか、ミヅキの発言各種が中々にインパクトのあるものなので、それを諌めるエルの姿が輝いて見えるのだろう。

そもそも、あの子の周辺にはエル以外に常識人が居ない気が。（大問題）

……ああ、そろそろエルが子猫を取り返しに来そうな頃合いだ。過保護な親猫は子猫を拉致され、さぞ不機嫌になっているに違いない。

そんな姿を予想し、頭が痛くなる。……だが、少しだけ楽しみでもあった。

昔からエルは所謂『良い子』だった。本当に幼い頃は子供らしい姿も見せていたというのに、いつの間にか、あの子は素を出すことを止めてしまったから。

それだけ、周囲の視線や心無い言葉に傷つけられたということだろう。

だが、今はエルの傍に小さな守護者が居る。国に縛られることがない、自由で破天荒な子が。

自分勝手で、自己中心的で、時には奇跡とも言えるような結果をもたらす凶暴な元野良の黒猫は、飼い主への悪意を決して許さないだろうから。

そんな黒猫を叱り、諫める姿を見せることによって、エルは世間に受け入れられていく。

……それこそが、黒猫の企みなのかもしれないけれど。

第二十五話　黒猫の本音

私は正直に答えているだけなのに、騎士様達は何～故～か、一様に疲れた顔になってきた。

時々、お仲間同士でひそひそと言葉を交わしているあたり、やはり、この場は私の見極めとかそんな扱いなのだろう。

……だからと言って、『お仕事、大変ですね』なんて思ってはやらないが。

何だよ、話を聞きたいと言ってきたのは、そっちじゃないか。

騎士寮面子なんて、私が説教食らう様を笑顔で見てるんだぞ⁉

なお、そういう時の騎士寮面子は暇を持て余しているのかと思っていたら、実はそうでもないらしい。騎士ズ曰く、『仕事を後回しにしても、お前と殿下の遣り取りが面白いんだろ』とのこと。

たまに、どこから聞き付けるのか乱入者が居る場合もあるので、そこらへんから噂が飛び交い、今回の拉致に繋がった可能性もあるだろう。

『娯楽一歩手前の説教って、なんぞ？』と。

ただでさえ不思議な評価と噂が飛び交っているのに、更なる混乱を招いたわけですね。

……。

なんか、ごめん。騎士様達だって忙しいだろうに。

「いやぁ……君、殿下に懐いてるんだね」

騎士様の一人が、何とも言えない表情で呟いた。同意するように頷く騎士様も数名居り、彼らの総意というか、現在の心境なのだろう。

そんな言葉にも、彼らが私をどういう風に認識したかが窺えた。

『慕っている』とか、『忠誠を誓っている』という表現ではない。

『懐いている』ですよ！　『この猫、飼い主が大好きなんだね』的な意味ですな。


よって、私も彼らの認識を肯定すべく、頷いた。

「そりゃ、敬愛する親猫様ですし」

「親猫……」

「色んな人から言われるんですよね。魔王様の私への接し方って、『愛猫を持つ飼い主』か『愛情深い親猫』だって」

「……」

呆れるでない、騎士様よ。ただ、戸惑う気持ちも判るんだけどね。

誰だって、最初からそのように認識していたわけではない。しいて言うなら、『常識すら怪しい異世界人の面倒をよくみている』という認識が大半だった。

『可愛がっている』という言葉って、元から非常に曖昧(あいまい)なものなのですよ。

『目をかけている』とか『期待している』という意味にも受け取れるし、『期待しているからこそ育てようとしている』とか、『厳しく接し、成長させようとしている』という解釈もできてしまう。

なまじ魔王様の教育がスパルタだったため、直接接したことがない人達は『どういった意味で【可愛がっている】のか？』と疑問に思ってしまったわけですね。

言い方は悪いけれど、魔王様の立場だと『駒として使うために、手懐けている』という解釈もできてしまうから。

寧ろ、悪意を持って魔王様を見ていた人達はこちらの認識が大半だったろう。一度、『悪』と思い込んでしまうと、行動全てが悪く見えるって言うし。

なお、『ろくに情報を伝えず、飼い殺す』と考えた人はゼロだった。

誰が見ても、ただ甘やかすだけの愛玩には見えなかった模様。


あのティルシアでさえ、戸惑った様子で『貴女はエルシュオン殿下が大好きなのね……？』とか口にする始末ですよ。

魔王様の愛情はその成長も込みなので、甘やかしだけではない。ただ、それは異世界人に対する接し方ではないので、周囲が混乱したらしい。

余談だが、それらの反応を見て、秘かにほくそ笑んでいたり、優越感に浸っていたのが、騎士寮面子である。奴らは自分達が真実を知っているにも拘わらず、黙っていやがったのだ。

アル曰く、『これまでのエルへの態度を反省する意味も含め、間違った認識をされる方達には自分で気付いて欲しいから』とのこと。

もっと言うなら、『自分で気付いた時、これまでの認識が逆転し、罪悪感を抱くだろう。ざまぁ！　海より深く後悔しやがれ！』という心境だったらしい。

性格が悪いこと、この上ないです。なお、他の騎士寮面子も似たり寄ったり。

こいつらにだけは『性格悪い』と言われたくはないぞ、私。

「まあ、結局のところ、皆さんは実際に自分の目で見て、『飼い主』とか『親猫』っていう解釈が一番近いと感じたわけですよ」

「君が騙されているとか、忠告した人は居なかった？」

「居たとしても論破（ろんぱ）していますし、どちらかと言えば、関わりのなかった人が心配してきたことに不信感を抱きますね。そもそも、私がそんな表面的な嘘に騙されるような性格に見えます？」

「……」

「……」

「……。無理があるね」

暫（しば）しの沈黙の後、騎士様は納得したように頷いた。

ですよねー！　だいたい、私と直接言葉を交わす機会なんて、『私がお仕事で派遣されている状況』が大半なのですよ。

つまり、私は絶賛、やらかし中。

そんな状況を目の当たりにしていたら、誰だって『綺麗な顔と、優しい言葉で騙されてます』なんて展開はないと気付くだろう。

その後、魔王様が私に説教を食らわす光景を見て、誰もが痛感するのだ……『この人、本当に保護者として面倒を見ているだけだわ』って。

「そこは素直に、殿下の忠臣とか言っておけばいいものを」

「魔王様に忠誠心を抱くのは、騎士寮面子で十分です。彼らが居るから、私は自由に動けるんですよ。だから、望む決着のためならば、敵対だって有りですね」

「……君自身の評価が悪くなっても？」

「どうして、そんなことを気にする必要が？」

「え？」

私の言葉が意外だったのか、問いかけてきた騎士様が呆けたような表情になった。

「だって、私は『この世界の部外者』ですよ？　気にする必要なんて、あります？」

「し……しかし」

「私が『異世界人であること』は変わりません。勿論、魔導師であることも。それにね、勘違いしている人が多いですが、私は別に『この世界に価値は感じていません』よ？」

事実である。私にとっては、単に自分が生きている場所という認識でしかない。

そもそも、この世界の人達だって、そういった認識が大半だろう。『当たり前のようにあるもの』なのですよ。一々、価値なんて感じるかい。

「『部外者』である私にとって、大事なものは『この世界』ではなく、『私が自由に生きられるよう、手を差し伸べてくれた人達』です。博愛主義者でも、正義の味方でもないんですよ。動くのは単に『自分のため』か、『お仕事』か、『大事な人達を害されることが気に食わないから』ですね」

自己中、外道と、言われたい放題ですが、私が反論したことはありません。

だって、事実だし。

「じゃあ、殿下に忠実なのって」

「野良猫だって、可愛がってくれた人に恩を感じるでしょう？　魔王様は一度もそういったことを求めないけれど、私は自分に与えられた愛情や恩恵がどれほどのものか、気付けないほど愚かでいるつもりはありませんよ」

『馬鹿は嫌い』と公言するからこそ、『愚かでいるつもりはない』。

与えられた愛情と居心地の良い場所を知るからこそ、そこを守るために牙を剥く。

「最初から言っているじゃないですか。『私は自己中ですよ』って。だから、ルドルフあたりには『お前、判りやすい』って言われています。私にとって損か、得か。そして、どのような結果が望ましいか。お貴族様同士の腹の探り合いよりも、ずっと判りやすいと思いますけどね」

ただ、『その決着までもっていく思考回路が意味不明』とも言われているので、多くの人はそこで勘違いをするのだろう。

難しいことを考える必要はありません。重要なのは『私がどうしたいか』。

そのために知恵を絞り、状況を整え、あらゆる障害を壊している。原動力となるものは勿論、『私による、私のための、状況改善』という強い意志。

それを『忠誠心や優しさ』といったものに誤解しているから、私の行動が訳の判らないものに見えるんじゃないのか？　たまに言われるしねぇ……『我らに向ける優しさはないのか⁉』って。

『ねぇよ！』としか言いようがありません。何故、よく知らん奴にそんな感情を抱くのさ？

私と親しい人々はそれをよく理解しているので、誰も批難の声を上げないのです。自分に置き換えたって、そんな都合の良いものを向けるはずがないと思っているだろうしね。

それに。

批難の声を上げたり、期待する人って、結局は私のことを『都合の良い駒』だと思っているだろうから。無意識だろうと、これは確定。だって、他の人に同じことなんて求めないじゃん！

「魔王様の教育は善意や優しさからきていますが、私は全く別物ですよ。だから、『自由奔放な子猫』やら『野良猫』って言われているんじゃないですかね？」

「あ～……君が猫扱いされるのって、そういう意味もあったのかい」

「そもそも、『本来、居ないはずの者に期待するな』っていうだけなんですけど」

――だから、『お仕事は魔王様経由』なんですよ。


にこりと笑ってそう締め括ると、騎士様達は顔を見合わせ、深々と溜息を吐く。

「……つまり、『懐いている飼い主からのお願い』が重要であって、問題そのものに興味はないと」

「私はそういった物を解決する立場にないじゃないですか」

「……。エルシュオン殿下が君の飼い主になってくれて良かった。野放しは危険だ」

だから、最初からそう自己申告していますし、魔王様達だってそう言っているじゃないですか。

第二十六話　親猫様、微妙に拗ねる

――イルフェナ王城・エルシュオンの執務室にて（エルシュオン視点）

茶を口にしつつ、目の前に居るファレルの姿を盗み見る。……どうやら、彼は困惑しているようだ。そんな姿に、少しだけ留飲を下げた。

唐突な招待……という名の拉致は十中八九、父上の意向だろう。王としての父を知っているため、これには確信があった。

まあ、それも仕方ない。ハーヴィスの一件において、ミヅキは人脈その他をイルフェナの者達に見せ付けているのだから。

これまでもミヅキに協力してもらったことはあれど、関わったのは限られた者達のみ。つまり、ミヅキの所業（好意的に解釈）を、初めて目にした者も多かった。

興味を持つな、という方が無理だろう。

たとえ、私の庇護を受ける異世界人であったとしても。

そういった者達の中において、最も地位が高い者こそ、私の兄である王太子。同時に、『これまで殆どミヅキに関わってこなかった者の中で、最も地位が高い者』であることも事実。

言い方は悪いが、兄自身がミヅキの見極めを行なうことで、同じ立ち位置に居る者達は安心するのだ。何より、王太子自身が『あの子は無害だ』と言い切ってしまえば、それ以上の不満を口にできるはずもない。

父上の狙いは恐らく、こちらだろう。

何のことはない、父上はミヅキの安全を確保したかっただけなのだ。

ミヅキへと警戒心を募らせる者達を私が黙らせた場合、間違いなく、その不満は私へと向くだろう。それだけではなく、私とミヅキが必要以上に仲が良いと噂され、どちらにとっても良い結果にはならないことが窺えた。

父上達はその対処の一環として、兄を焚きつけたのだろう。『異世界人の魔導師と接してみないか？』と。

……。

まあ、次代のイルフェナ王である兄とミヅキを会わせたかったことも、本音だとは思うけど。

判っている。父上の打った一手は、最善であったことなど。

兄上や彼を支える側近達が、ミヅキを警戒する気持ちも理解できる。

……しかし。

気に食わないことは事実なのだ。

保護者である私をよそに、勝手なことをしないでくれるかな⁉

一言でも相談してくれれば、私とて、このようには思うまい。

場を整えるなり、ミヅキに話を通したりと、協力はしただろう。勿論、『素のミヅキと接したい』と言うならば、詳細を本人に伏せたまま。

……が、現状は御覧の通り。

ミヅキは強制的に、兄上の騎士——多分、兄本人も関わっている——からの招待を受け。

ご機嫌伺いと軽い謝罪のために、ファレルが派遣されてきたのだ。

なお、ファレルの役目は『私の抑え役』だろうと推測。

すぐに私が迎えに行っても困るため、ファレルを犠牲……いやいや、足止め役に任命し、私の行動を封じようとしたのだろう。

こう言っては何だが、それは正しいやり方だと思う。ミヅキの保護者を自負する以上、私は即座に行動しただろうから。

しかし、そんな気遣いは不要ということらしい。『私が何故、そんな行動を取るか』という理由を、相手が盛大に勘違いしていたとしても、だ！

……。


そうか、そうか。そっちがその気なら、私も付き合ってあげようじゃないか。

うちの子は『絶対に』、そちらの精神を削ってくるだろうけどね。


文句を言われる筋合いなどあるものか。勝手なことをしたのは、そちらなのだから。

まあ、精々、心を抉られる貴重な体験をするといいさ。普通に考えて、王族やその側近たる騎士達にそんな経験をさせる子なんて、居ないだろうから。

現に、アルは私の気持ちなどお見通しらしく、私を諫める気配など欠片もない。寧ろ、絶対にこの状況を面白がっているだろう。

双子は……私の不機嫌を察しているであろうファレルへと、気の毒そうな視線を向けている。

ミヅキと一緒に居る時間が長く、私の性格にも馴染みつつある彼らからすれば、貧乏くじを引いたとしか思えないファレルが気の毒でならないのだろう。


そうだね、確かに彼は気の毒だ。無意識に漏れる私の威圧は、どう考えても八つ当たり。


それに加え、一人だけミヅキの被害を受けずに済んでいるのだ。……仲間達からも後で、八つ当たりをされるだろう。

あの自己中娘がまともな思考回路などしているものか。逆に言うなら、『まともな思考回路をしている人間にとって、非常に疲れる存在』なのだ。

一部どころか、常に斜め上の思考をしている馬鹿猫の所業は『一応』、報告書に纏(まと)められている。

ただし。

隠すところは隠すと言うか、多少の軌道修正をしてあることも事実。寧ろ、ミヅキの思考そのままのものなんて、イルフェナに残せるはずもない。

『貴族を【玩具】扱いして弄ぶ』なんて、書けるはずないだろう？

『ウザい』の一言で、家を存亡の危機に立たせる子なんだよ、うちの馬鹿猫はっ！

なにせ、聖人殿を初対面で押し倒して脅迫する『ろくでなし』だ。いくら協力者が欲しいからと言っても、真面目な聖職者に対して冤罪を吹っ掛けるなんて、鬼畜外道の所業である。

……勿論、聖人殿には誠心誠意、謝罪させていただいた。快く許してくださった聖人殿の心の広さに、ただただ感謝してやまない。

兄上達はそれを『秘された情報』のように感じただろうが、現実はこんなものである。『隠された情報』というより、『別の意味で、表に出せない情報』と言った方が正しい。

恐ろしいことに、それで結果が出てしまっているのだから、笑えない。ミヅキは『必要なこと』と言っていたので、ある意味、それは正しかったというわけだ。

……だからと言って、素直に受け入れられるかは別問題なのだが。

どうして表に出せると思うんだ、こんなろくでもない所業の数々を……！

なお、ミヅキにとってこれらのことは受け狙いとかではなく、平常運転である。

冗談抜きに、元から思考があの状態なので、ミヅキ自身に隠す気など皆無であった。

今現在、ミヅキは聞かれるまま、様々なことを馬鹿正直に答えているのだろう。勿論、悪意など微塵もなく。

そして、その度に話を聞いている騎士達の精神的な疲労は増していくのだ……何という罰ゲームであろう。

まあ、それでも始めたのは彼らなので、同情するつもりは欠片もない。一人だけ無事だったファレルが八つ当たりをされようとも、些細なことである。

全ては、保護者である私を無視したことに起因するのだ。私がミヅキを迎えに行くまで、精々、心を抉られるがいい。

「エルも素直じゃありませんね。疎外されたように感じて、拗ねましたか？」

喧しいよ、アル！

第二十七話　幕間

小話其の一『黒猫は遊び始める』

――イルフェナ・王太子直属の騎士達の寮にて（ミヅキ視点）
目の前の騎士様に視線を向けつつ、私は周囲の騎士様達をこっそりと窺った。
……。
うん、皆さん非常にお行儀が良さそうな印象ですね！　だけど、素直に『素敵な騎士様達ね♡』という印象を抱くかと言われれば……間違いなく『否』だ。

だって、人当たりの良さそうな笑みがアルを彷彿とさせるもの。

アルは魔王様の側近であり、公爵家のご子息であり、口調も丁寧な、人当たりの良い好青年……というのが、『何も知らない人からの評価』。

その内面は、極一部以外の人間はどうでもいいと考える人嫌い。

いや、そこまでならいいんだ。そこまでなら！

問題は、アルが貴族どころか王族相手でさえもその態度を貫き、時には『バレたらヤベェ！』と言わんばかりのことをさらっと行なっちゃうことだろう。

これ、可能性の話ではない。実例を出すなら、サロヴァーラのリリアンだ。

幼気な王女を誑かした――本人にその気はなくとも、情報収集のために確実にやっていると思われる――事実がティルシアにバレれば、報復必至である。

……で。

そんな困った面がある『問題児・アルジェントさん』だけど、本性を知らなければ、本当に『身分を問わず、人当たりの良い好青年』なのですよ。

私の目の前に居る騎士様って、どことなくアルを連想させるんだよねぇ……私を拉致しに来たもう一人――魔王様の所に行ったのか、今はこの場に居ない騎士様――もそんな感じだったし。

警戒するなって言う方が無理なのですよ。

寧ろ、アルを知っていたら、警戒するのが当たり前。

騎士様達もどことなくそれを察しているらしく、私が警戒するような態度を見せても気にしない。と言うか、私の馬鹿正直な受け答えの方が予想外だったらしく、時には素直な驚きを見せていた。

私としては、彼らがイルフェナ所属の騎士、それも『翼の名を持つ騎士』と呼ばれる忠臣だからこそ、下手な誤魔化しをしない方が良いと判断しただけなんだけどな。


だって、彼らは『騎士寮面子の同類』じゃん？

一芸特化の、『天才と何とかは紙一重』を地でいく皆様（予想）じゃん……？


騎士寮面子に馴染んだ私としては、そう判断せざるを得ないのですよ。ほら、近衛だって、クラレンスさんみたいな人が当たり前のように居るんだし！

そんな人達相手に、誤魔化そうとしようものなら……まあ、普通に考えて、拘束時間が長くなるだけですからね！

さくっと全部喋りますとも。聞きたくないこと……いや、『聞かない方が良かったこと』が多大に含まれる内容だったとしても。

「君さぁ……馬鹿正直に全部話しているみたいだけど、エルシュオン殿下から口止めとかされていないのかい？」

「別に言われてないと思いますよ」

「……。本当に？」

「本当ですって。まあ、好き勝手に生きているので、私が気付いていない可能性もありますけど。だって、常に『状況に応じた、最善の対応』を心掛けているなら、そういった制限は邪魔にしかならないでしょう？」

「君はその判断ができる……そう思われているっていうことかい？」

「そのくらいのことができなければ、他国で立ち回りなんてできませんって」

からからと笑えば、騎士様は何とも言えない表情で押し黙った。その沈黙に、私の考えが正しかったと知る。

ははは、嫌ですね、騎士様？　私はそんな判りやすい手には乗りませんよ？

ちなみに。

この問いかけ、実は『魔王様がそういった指示を出していたか、否か』ということを知るための罠である。『飼い主の傀儡になっているか、否か』という確認ですね。

だから、『はい』や『いいえ』といった、明確な回答はＮＧだ。私が魔王様の手駒になっていると思われてしまうもの。

対して、先ほどの私の答えは『あくまでも、私がどう考えているか』というものであり、魔王様自身の考えは不明なのであ～る！『指示を出された』とも言ってないしな……！

さて、ではもうちょっと遊んでみましょうか。

「言っておきますが、受け答えの全てはあくまでも『私個人の解釈』ですよ？　『ご存じだとは思いますが』、魔王様は誰の目から見ても、私に対して過保護ですから」

『知ってるよなぁ？「知らない」とか言わないだろうなぁ？』と言わんばかりの脅しを込めれば、騎士様の顔が判りやすく引き攣った。

「あ……ああ、勿論、知っているとも」

「そう、良かった！　いやぁ、これまでぶつかった人達の中には、よっぽど私に負けたことが悔しいのか、『魔王様の指示』を疑う人も居まして！　……『イルフェナの騎士様が、そこまで馬鹿だったらどうしよう⁉』とか、ちょっと心配になっちゃいました！」

「へ、へぇ……？」

「ですが、違ったみたいで安心しました。でも、皆さんを疑ったのは事実なので、この場で謝罪しておきますね。ごめんなさい」

「……。いや、君の言い分ももっともだ。こちらこそ、すまなかったね」

『疑惑を抱いたのは、これまでの経験のせいなのよー！』（意訳）と主張しつつ謝罪すると、騎士様達もさすがに咎めるわけにはいかないと思った——嘘は言っていないからだ——のか、謝罪の言葉を口にした。どうやら、向こうも一筋縄ではいかないらしい。

……チッ。

揶揄って遊んでいるのが、バレたようだ。さすが、選ばれし騎士。

寧ろ、ここで互いに謝罪などせず、このまま会話を続けていたら、ガンガン不敬罪への道を突き進んだと思われる。

私の立場は元から民間人だが、騎士様が疑いを向けているのは魔王様──『王族』だからね。互いに『不敬』なのですよ。

『魔導師だろうと、民間人だろうが！』という言い分を使えば、私から『貴様がエルシュオン殿下にくだらん疑いをかけるからだろうが！』と怒鳴り返され、泥沼化すること請け合いだ。

なお、その時に争うのは、私と騎士様ではない。魔王様VS兄上様ということになる。

互いの子飼いに端を発する、兄弟喧嘩勃発。多分、互いの騎士達にも飛び火する。

それはそれで楽しそう（？）だけれど、後から魔王様の説教が確定なので、ここで止めておくのがベストなのだろう。

向こうもそれが判っているからこそ、深追いはしなかったんだろうな。空気が読める騎士様相手だと、騒動が不発に終わるらしい。

……。

ちょっと、残念。

——その後、私と騎士様達の言葉による攻防戦が勃発。

互いに決定打を言わず、言葉の裏を読み取って回避……という、非常に地味な争いが始まった。

そろそろ退屈してきた私にとっては『相手を知る、楽しい遊び』だが、それは挑発に乗ってきた騎士様達にとっても同じだろう。

多分、この話し合い以降は私の評価がろくでもないもの——『噂』ではなく、『事実』として認識される——になるだろうけど、後悔はない。

後悔は全く！　これっぽっちも！　ないのだけど！

……。

そろそろ、お迎えが欲しいなー？

※※※※※※※

小話其の二『親猫、何やら不穏な気配を察知』

——イルフェナ王城・エルシュオンの執務室にて（エルシュオン視点）

「……」

沈黙が続くティータイムだが、私は何故か……非常に嫌な予感がしてならなかった。

その対象は、目の前のファレルではないだろう。彼は私の抑え役（予想）なので、下手な手は打ってこないはず。

ならば。

ならば、この『嫌な予感』はやはり……。

「……そろそろ、ミヅキが退屈して遊びだすような気がする」

「は？」

無意識に呟けば、ファレルが怪訝そうな顔で私を見つめていた。

……。うん、普通はそうなるだろうね。『退屈する』はともかくとして、『遊びだす』とか、訳が判らないだろう。

しかし、そんな反応をしたのはファレルだけであり。

「ああ……確かに、そろそろ飽きてきたかもしれませんね」

「自業自得では？」

「知らなかったとはいえ、気の毒に……」

アルと双子に至っては、納得の表情で頷いていた。

そもそも、いつもならば私の休憩に合わせ、ミヅキもここに来ているはずなのだ。

それなのに拉致に近い形で招待され、おやつの時間も潰されている。そして、今なお拘束が解かれないとくれば……。

犠牲者は当然、兄上を含めた彼の騎士達。

まあ、彼らも優秀なので、そう簡単にやられはしないだろうけど。

「あの、『遊びだす』とは？　あの子は我が騎士寮に居るのですが」

困惑したまま、ファレルが問いかけてくる。私だけならば『心配している』で通るのかもしれないが、アル達までもが同じ反応をしたことに違和感を覚えたらしい。

「そのままの意味ですよ」

アルがとても優しげ……いや、楽しそうな表情で会話に加わってきた。

「子猫は遊び盛りですから、退屈がとても嫌いなのです」

「子猫!?　ああ、あの子のことか。いや、まあ、確かに、楽しい時間とは言い難いと思うけれど……そこまで気安い遣り取りをしているとは思えないかな」

「いいえ、それはいいのですよ。寧ろ、ミヅキからすれば、隠すことなど何もないのです。彼女は己の行ないを何一つ恥じてはおりませんので、正直に話していると思いますよ」

「う、うん？　そうなのかい？」

「はい」

言い切られ、ファレルの困惑は益々深まったらしい。訝しげに目を眇めている。

……。

確かに、己の所業を何一つ恥じてないな、あの馬鹿猫。

寧ろ、少しでも恥じる気持ちがあるのならば、多少なりとも大人しくなるはずだ。しかし、そんなことは夢のまた夢。叱ろうが、叩こうが、ミヅキの『あの』性格が矯正されることはない。それほど簡単に性格矯正が叶うならば、私は親猫呼ばわりされてはいまい。双子とて日々、『少しは自分を見失え！』と口にしているではないか。

だが、そんなことを知っているのは、ミヅキと親しい極一部の者達に限定される。結果として、ファレルは私達の言葉の意味が判らず、首を傾げているのだった。哀れなことである。

「ミヅキはね、言葉遊びを好むんだよ」

溜息を一つ吐いて、私は話し出した。

「君達はきっと、ミヅキから話を聞き出そうとするだろう。その中には当然、引っ掛けのような質問が含まれると予想される。だけどね」

一度言葉を切って、ファレルへと哀れみの籠もった目を向けた。

「ミヅキはそんな手に乗るほど愚かではないし、気付かないはずがない。だからね……自分からも仕掛けて『遊ぶ』んだよ。性質の悪いことに」

「え」

「勿論、聞かれたことには素直に答えていると思うよ？　だけど、君達はそれで済ませているのかな。そうでないならば、ミヅキの玩……いや、遊び相手にされても不思議はない」

しまった、つい本音が。

さすがに『玩具』扱いを口にするのは宜しくない。あれは一方的にミヅキが『遊ぶ』だけじゃないか。それに、彼らは正真正銘、この国の王太子である兄上の騎士なのだから、ミヅキの言葉を上手くかわしているだろう。……そう思いたい。

それでも、腹立たしいのは事実なので。

「無事だといいねぇ？」

煽るくらいは許されるだろう。……アルと双子が、笑いを堪えるかのように顔を背け、肩を震わせていたとしても。

第二十八話　親猫のお迎え

――イルフェナ・王太子直属の騎士達の寮にて
騎士寮では相変わらず、私と騎士様達の攻防が繰り広げられていた。

「君ね……これまでの行動を顧みてごらん？『ただの民間人』は無理があるだろう」

「親猫様、もとい保護者の教育が良かったもので」

「いや、だからってねぇ……！」

「後は元からの性格ですかね？　遣られっ放しでいる気はありませんよ。せめてもの抵抗として、報復の一手を打ちます」

「……。その報復、そのまま致命傷になってない？」

「軟弱ですよね。殺るか、殺られるかの階級なのに。そもそも、仕掛けておいて返り討ちにされるなんて、恥ずかしい！」

「……」

黙るでない、騎士様よ。私は嘘など言っていないだろう？

そもそも、私に処罰する権限などなく、地位もない。だからこそ、『相手から仕掛けてくるのを待って、そこを逆手に取り報復』となるだけだ。


そう、仕掛けてきたのは『相手の方』！

私は泣き寝入りをしなかっただけなのだよ……！


……。

まあ、相手が予想以上に貧弱かつ無能だったので、こちらが圧勝する結果になってしまったものばかりなのだけど。

でも、私はこう主張したい……『結果が出せなきゃ、親猫様の所に帰れねぇんだよっ！』と！

遣られたまま帰ってくるなんて、騎士寮面子は許してくれまい。『そんな弱い子に教育した覚えはない！』とばかりに、リベンジのために送り返されそう。

魔王様は無事に帰ってきたことを喜んでくれるかもしれないが……その後、騎士寮面子とは意味が異なる尋問が待っているに違いない。

それは勿論、『本当に何もしていないだろうね⁉』という、時限爆弾もどきの仕込みをしていないかという心配。つまり、案じているのは私に非ず。

魔王様は私が泣き寝入りする子だなんて欠片も思っていないので、『逃げてきた』のではなく、『仕込みが済んだから帰ってきた』としか思うまい。


安定の信頼のなさです。いや、ある意味では信頼されてるのか。


私が『貴方の身近な恐怖・魔導師さん』という最高のエンターテイナーを自称しているからこそ、魔王様の心配はこちらに傾くのだ。そういった意味では、騎士寮面子の方が『まだ』私をまともな人間扱いしていると言えるのかもしれない。

少なくとも、魔王様は『絶対に』、私が泣き寝入りをすると思っていないもの。

多分、この騎士様達も方向性としては騎士寮面子寄りなのだと思う。ただし、私が色々とやらかす以前の、『警戒心＋心配』といった状態の騎士寮面子。多分、ゼブレストの一件が終わる前あたりまでは、彼らもこういった考えだったはず。

……そんな時もあったんだよ。今となっては誰も信じてくれないだろうけど。

今では頼れる仲間扱いだけど、騎士寮面子も以前は真面目にお仕事——異世界人の魔導師への監視と警戒――していたのです。
当初から、保護者としての姿を貫き続けているのは魔王様だけである。今も、昔も、変わらぬ保護者、親猫様。

――そして、私と騎士様達の時間は唐突に終わりを告げた。


「やあ、『うちの子』がお世話になったようだね？」

アルとクラウスを引き連れた魔王様の、そんな言葉によって。

見た目だけなら、魔王様もそれなりに機嫌が良さそうではあった。ただし、あくまでも『見た目だけ』。事実、笑みを浮かべた表情の中で、目だけが笑っていないもの。はっきり言って、魔王様はお怒りです。

「あ～……その、唐突な招待は申し訳なく思っておりますが……」

「いや、構わない。どうせ、父上が焚きつけたのだろう」

「う……」

「兄上とて、これまでミヅキと関わってこなかったのに、先日のハーヴィスの一件があったんだ。君達を含め、ミヅキを警戒対象にしても不思議はない」

表情に反し、随分と理解あることを言っている魔王様。その言葉に、魔王様達がすぐに動かなかった理由を知った。

なるほど、今回の黒幕はイルフェナ王だった模様。次代の王たる魔王様の兄上様は私と関わったことがないから、これを機に、多少の関わりを持たせたかったのだろう。

ただし。

その代償というか、当然の結果として、魔王様を怒らせたようだったが。

ま、まあね、魔王様は『過保護な親猫』とか言われているし、自分が知らない所で事を進められたのが癪に障るのだろう。

と言うか、この様子を見る限り、魔王様の所に何の情報ももたらされていなかった可能性がある。

そりゃ、怒りますね！　いくら何でも、一言くらいは必要だろう。

自称とは言え、勝手に配下を拉致されたようなものだもん。

「だけどねぇ……」

そう言うなり、魔王様は意図的に威圧を強めた。

「せめて、一言くらいあってもいいとは思わなかったのかな？　私はミヅキの後見人なのだから」

「ええと、はい、ごもっともです……」

「そう、もっともだとは思うんだ？　だけど、行動が伴っていないのはどうしてか、聞いてもいいかい？　ああ、勿論、兄上を含めての連帯責任だと考えているからね」

にこにこにこにこにこにこ。

そんな音が付きそうなくらい、魔王様は楽しそうだ。ただし、纏う雰囲気はブリザードが吹き荒れている。騎士様達もそれは感じ取っているらしく、上手い言い訳が思いつかないのだろう。

と、言うか。

魔王様の言い分が至極真っ当なので、言い返せないだけとも言う。

『今回の黒幕がイルフェナ王だってことには気付いているよ！』

『そうした理由も納得できるし、仕方がないとも思っているよ！』

『だけど、【許す】とは言っていないよね……？』

魔王様の言い分を纏めると、こんな感じだろう。明らかに怒っている。せめて一言あれば違ったのだろうけど、それすらなく、魔王様は完全に蚊帳の外。そりゃ、怒るか。

現に、アル達は魔王様の怒りを素知らぬ顔でスルー中。

彼らからしても、主を無視されたのは面白くないらしく、助ける気はない模様。そんな彼らの姿に、私は内心、大笑い。

ざまぁ！　私のことはともかく、魔王様を蔑ろにされて、騎士寮面子が怒らないはずなかろうが。

そもそも、騎士様達が一番気を使わなければならないのは魔王様、次点で騎士寮面子。私は保護されている立場なので、保護者と監視要員の許可が必要になるのは当たり前。

それを怠（おこた）れば当然、良い印象は抱（いだ）かれまい。『魔導師』や『異世界人』だからと言って、私のことばかりに気を取られているから、こうなるのだ。

……まあ、それでもこの状態が長く続くのは良いことではないので。

「魔王様ー、用がないなら帰りましょうよ」

くいくい、と服の裾（すそ）を引くと、魔王様の眉が僅かに上がる。

「まだ彼らから言葉を貰っていないのだけど？」

「意味あります？　それ。魔王様達に一言の説明もしなかったのは彼らの落ち度ですけど、黒幕……じゃなかった、仕掛け人はイルフェナ王陛下でしょう？」

「……」

「……」

「……で、本音は？」

「退屈だから帰りたい」

「本当に、この子は……っ！」

魔王様は深々と溜息を吐くと、ぺしりと私の頭を叩いた。

何だよー、本当のことじゃないかー！

ジトっとした目で見つめると、更に追い打ちでもう一発。……反論を許す気はないようだ。心が狭いぞ、親猫様。

ふと気づくと、騎士様達が呆気にとられた表情で私達の遣り取りを眺めている。

ほぼ全員が『信じられないものを見た』と言わんばかりの表情で、混乱に陥っているようだった。

「エルシュオン殿下がそのような態度を取るなんて……」

「……？　割と毎回、こんな感じですけど」

「え」

「だから余計に、『親猫』って言われてるんですよ。前足で叩いて、躾けているように見えるらしくて。次点で飼い主」

騎士様達は固まっているが、嘘ではない。騎士寮面子から見ても、これは平常運転なのだ。

そんな騎士様達の様子を一瞥し、魔王様は一つ溜息を吐くと、私を促した。

「はあ……今回のことは不問にしよう。父上が絡んでいるようだし、こちらにも多少の落ち度があったようだからね。ほら、ミヅキ。帰るよ」

その『落ち度』は言うまでもなく、私の言動あれこれを隠していたことだろう。表向きの報告書だろうとも、隠していたことは事実――そうしなければならない理由があったとしても――なので、これで手打ちにしようということなのか。

騎士様達も顔を見合わせるだけで、反論は上がらなかった。彼らも私を拉致した事実があるため、魔王様の提案を蹴る気はないらしい。

……でも、私はちょっとばかり気に食わないので。

「あ、言い忘れていましたけど、今日、シャル姉様と約束があったんですよ。お茶菓子をお持ちしますって」

『え』

「今からでは無理ですから、『正直に！』理由をお話しして、謝罪しておきますね。多分、事実確認に来ると思いますが、宜しく」

騎士様達の顔が判りやすく引き攣った。ちなみにこれ、嘘ではない。シャル姉様も仕事人間なので、時々、お茶菓子を持参し、強制的に休憩に入ってもらっているのだ。

当たり前だけど、魔王様公認です。なお、旦那様のクラレンスさんからはとても喜ばれた。

「そうですね、義兄上も残念がっておられましたよ」

アルの追い打ちに、騎士様達の顔色が益々悪くなる。年齢的に騎士様達はクラレンスさんと同期っぽいし、その性格も当然、知っているのだろう。

……勿論、クラレンスさんが愛妻家ということも含めて。

でも、私は今回悪くない。悪いのは拉致した騎士様達。

クラレンスさん、文句は心置きなく彼らにどうぞ！

そして、私達は騎士様達の元から無事に帰還した。

その後、事情を知ったクラレンスさん……だけではなく、シャル姉様からも文句を言われたらしく、騎士様達は暫し、非常に居心地の悪い思い（意訳）をした模様。

なお、それらの暴露は、当事者であるクラレンスさん達からであ～る。

『先日の後日談を聞きたくありませんか？　ああ、シャルリーヌも居ますよ』というお誘いに、お茶菓子持参で嬉々として向かったのは私だけどね。

第二十九話　騎士様達の雑談（王太子視点）

子猫のお迎えに来た者達を見送り、私は漸く、肩の力を抜いた。騎士達も似たような状態になっているあたり、私達は揃って、魔導師殿に対する警戒心を少なからず持っていたらしい。

勿論、ある程度の情報なら事前に得ていた。だが、それを踏まえても、あの子は規格外過ぎた。

「いやぁ……何て言うか、予想以上でしたね」

「まあ、な」

声を掛けてくる騎士にさえ、そう返すしかない。

と、言うか。

その『予想以上』が全くの別方向だったことが、私達を疲労させたと言える。

「規格外でしたね。……その、『色々』と」

「……」

「黙らないでくださいよ」

「いや、すまん。まさか、情報が隠されていた理由が、その……予想外と言うか、予想の斜め上と言うか……」

「気持ちは判りますよ」

そう言うと、騎士は哀れみの籠もった目を向けてくる。彼も言葉に困るのか、『予想外だった』としか言えないらしい。

「まさか、魔導師殿があのような性格とはね……」

思い出すのは先のハーヴィスの一件、エルの望む決着のために尽力する姿。飼い主の願いが最優先とばかりに、彼女は言葉巧みに場を支配してみせた。

それを見た者達は、彼女の評価を改めたことだろう……『あれは危険だ』と。

元からある程度は評価されていたとはいえ、それでも『世界の災厄』と呼ばれる存在とは違うと、どこか無意識に思っていたのだ。

見た目と日頃の無害さが多大に影響していることに加え、彼女は何だかんだと各国の憂いを晴らしてきたのだから。

……が。

あのハーヴィスの一件で、その認識に疑問を覚える者が続出した。少なくとも、私と忠実な騎士達は危機感を抱いたのだ。

飼い主に忠実とは言うものの、あの子はエルの騎士達とは違う。

『エルの傍に自分が居なくてもいい』のだ、飼い主が望んだ決着が叶うならば！

普通は評価されたいと願うだろう。もしくは、主の傍に居たいと願うだろう。だが、あの子にとって最優先となるものは……『飼い主の願いであり、それを叶えると決めた己の選択』。

良くも、悪くも、あの子は一度決めたことを忠実に守り続けているのだろう。

ルドルフ陛下が『野良猫が勝手に懐き、勝手に守っているようなもの』と言っていたが、確かに、それに近いものを感じる。あの子は周囲の者達どころか、忠誠を向ける相手からの感情さえ、どうでもいいに違いない。

だが、それは同時に危険な考えでもあった。言い換えれば、エルが止めようとも、勝手な行動を取る可能性がある、ということじゃないか。

ハーヴィスの一件の際、エルは魔導師殿にどのような命令も出していない。それどころか、ろくに接触すらしていなかった。

それでも、ハーヴィスは散々な目に遭ったのだ……決着までの筋書きを考えたことと言い、あの子は立派に脅威である。

ただ、今までろくに関わって来なかった私からすれば、重要なのはエルの方だった。

世間的には、エルが魔導師殿の飼い主として知られている。実際には配下ではないのだが、魔導師殿が自称し、エルも訂正しないので、それが事実のように認識されていた。


――つまり、『魔導師殿が勝手に動くことを知らない者からすれば、エルが命じたように見える場合がある』ということ。


我々が危惧したのはこれだった。いくら可愛がっていようと、その行動がエルの願いに沿っていようと、エルが責任を負わせられる可能性があるじゃないか。

その危険性がある以上、私は黙っているわけにはいかなかった。エルはもう、言い掛かりのような悪意を向けられる必要はない。

……が。

そう意気込んでいた私にとって、魔導師殿は非常に理解しがたい性格をしていたのだ。

『魔導師殿の世界ではあれが普通』という可能性がなくはない。ありえないとは思うが、魔導師殿自身が民間人と申告しているからな。

しかし、それが事実だった場合、その世界は修羅の国か何かだろう。恐ろしいことである。

そもそも、『年頃の女性が何の躊躇いもなく、聖職者を押し倒した』って、どういうことだ⁉

もしや、『魔導師殿の策は予想がつかない』と言われているのは、『前提となる常識が違うから』

ということではなく、彼女自身の特殊な思考回路が原因ではなかろうな？

「しかし、エルシュオン殿下も変わりましたよね」

エルの様子を思い出したのか、一人の騎士が苦笑する。

「アルジェント達にも言えることですけど、前はあんな姿なんて見ることができませんでしたから」

「……そうだな」

「だから、我らの主も弟君を心配なさったのだ。変わられたのは良いことだが、それに引き摺られ、必死に築き上げた足場を崩すようでは困る」

「……」

別の騎士からの指摘に、誰もが無言で頷いた。今回のことは『異世界人の魔導師』と直接言葉を交わすことも目的だったが、同じくらいエル達の出方を見ることも重要視していたのだ。

「いくら可愛がっていると言っても、魔導師殿の破天荒さに引き摺られた挙句、エルが評価を落としては意味がないからね」

「その心配はなさそうで安堵しましたけどね。ですが、エルシュオン殿下の教育方針こそ、『魔導師を子飼いにしている』といった噂の原因では？」

「まあ、ね……」

思い出すのは、エルの幼い頃。どんな生き物にも怯えられ、寂しそうにしていた姿。それが今では、過保護な親猫様なのだ。

確かに、あそこまで懐かれれば可愛かろう。配下というより愛猫扱いのような気がしなくもないが、そもそもエルには動物を飼った経験がない。

賢く、主の危機には躊躇わず牙を剥く猫（仮）が可愛くても、誰が責められようか。

だからと言って、あの教育方針が許されるとは思わんが。

いくら生き物の飼い方が判らないからと言っても、あれはない。


「世間では魔導師殿の言動が原因のように思われているけど、エルの教育方針が多大に影響を及ぼしているからね。ただ……」

「まさか、飼い方が判らない……いえ、『適度な教育や、適切な接し方が判らなかっただけ』とは思いませんでしたけど」

「……言わないでくれないか。弟のポンコツぶりが浮き彫りになってきているんだから」

何のことはない、我らの心配など全くの杞憂だったのだ。エルは大真面目に、魔導師殿への教育を考えていただけだった。子飼いにするための教育どころか、単なる愛猫の躾であろう。

それが世間からどのように見えるかなんて、考えもしなかったに違いない。

「それに去り際の弟君……明らかに魔導師殿を自慢してましたよね。『うちの子』って言ってましたし、我々が返り討ちにあったことを疑っていないようでした」

「ああ、あれが『子猫の自慢をする親猫』とか言われている原因なんだろうな」

「いや、あの、お前達？　一応、私はエルの兄なんだが……」

『……』

「そんな目を向けないでくれないか⁉」

騎士達から向けられる生温かい眼差し。言うまでもなく、魔導師殿を迎えに来たエルが原因だ。

ああ、言われずとも判っているさ……あの時のエルは誰が見ても、『うちの子自慢をする親猫』だと！　付いて来た二人の騎士も、どこかにやにやとした笑みを浮かべていたじゃないか。

今回のことで、私達の懸念（けねん）は杞憂だと痛感できた。だが、別の意味での心配は増した。


エルよ、お前は親猫じゃないし、魔導師殿はお前の子でもないからな？

あと、常に自分を基準にして教育するのは止めてやれ。


「ところで……あの子は我々にとって、無視できないことを言っていた気がするんですが」

「……ん？」

「シャルリーヌ嬢と……クラレンス殿のことです」

『あ』

思い出した途端、誰もが顔を青褪（あおざ）めさせた。

そういえば、あの二人にとって魔導師殿は『悪戯っ子だけど、とても頑張り屋さん』とかいう評価だったはず。今回のことも、何かしらチクリと遣られるに違いない。

「……。覚悟だけはしておくか」

第三十話　父と子の雑談

――イルフェナ王城・王の執務室にて（王太子視点）

「その様子だと、随分と『楽しい』目に遭ったようだね」

父上――イルフェナ王は訪れた私を見るなり、機嫌よさげに笑った。そんな父の姿に、全てはこの人の掌の上で転がされていたのだと悟る。

しかも、それは私や私の騎士達だけではない。エルやミヅキ……いや、『魔導師殿』も含まれているのだろう。

「あの子はとっても賢くて楽しい子だったろう？」

「ええ、そうですね。良くも、悪くも、予想外のことが多過ぎました」

言葉遊びが得意ということも、簡単には誘導に乗ってくれないことも理解できた。総じて、それは『賢い』と言ってしまえるのだろう。

……だが、それだけではない。

状況によっては、敵対する立場になることすら厭わないのだ。しかも、それはイルフェナという『国』ではなく、エルシュオンという『個人』――飼い主のため。

怖過ぎるだろう、どう考えても。

エル個人の望んだ決着のためなら、己すら犠牲にするなんて！

「あの子が他国、それも一筋縄ではいかない者達から警戒されると同時に、信頼を得ている理由が判りましたよ。……どう頑張っても、都合よく動かすなんて無理だ」

正確には『エル以外の言うことに、素直に従う気がない』。

仕事内容や個人的な思惑によって、共闘ならば可能だ。ただ……『従えることはできない』。あくまでも共犯がいいところであろう。

そんな気持ちを込めて言葉を紡げば、父は満足そうに笑った。

「そうだね、私もそう思う。『手を出さなければ無害』とは、よく言ったものだ……なにせ、興味がないものにはとことん無関心だろうからね」

「彼女は自分がこの世界の部外者であることを利用している。同時に、我々が思っているよりも強くその自覚があるのでしょう。だからこそ、どんな手段も取れるんだ……彼女からすれば『他人事』でしかないのだから」

「まあ、今はそこまではっきりとした境界線を設けているわけではないだろうけどね。だが、保護された当初は間違いなく、そういった意識が強かっただろう」

楽しげな父の姿に、私は少し呆れた。この人はそんなことすら、楽しんでいるのかと。

だが、それくらいでなければ苦難の時代を生き残ることはできなかったとも思っている。各国が必死に存えようと足掻いたのと同様、我が国も足掻いたからこそ今があるのだ。

……そんな猛者達ですら一目置くのが、『異世界人の魔導師』。

当初は誰もがその功績を『作り上げられたもの』と思い、魔王と称される我が弟や、彼の騎士達の暗躍を疑ったことだろう。

そうでなければ、納得できなかったのだ。この世界の知識も常識もなく、地位すらない女性が成し遂げるなんて。

それでも優秀であることは事実だろうから、各国の者達が接触を試みてきたのだろう。その結果、敵対した者達は見事に引っ掻かれ、共闘した者達はその恩恵を受けた。

まさに、猫。それも警戒心が強く、自立精神逞しい野良猫だ。

気に掛けてやればその見返りとばかりに、災厄を遠ざけてくれる。

それでも、無条件に懐くことはない。そんなことをすれば無能振りを笑われ、容赦なく馬鹿認定をされてしまう。

最初からあの子を庇護対象と認定し、今なお過保護に守り続けるエルだけが『唯一の主』であり、無条件に言うことを聞く存在なのか。

「やれやれ……随分と扱い難そうな猫ですね。これは評価が分かれても仕方ない」

「普通に考えれば、あの子の態度は当たり前なのだがね。安易に懐いて庇護を求めるような子ならば、とっくに箱庭で飼い殺されているよ」

「異世界人にとっては、それも一つの選択ですからね」

「そう。『この世界で好き勝手に生きることを望まなければ』、微温湯のような狭い世界で生きることも一つの幸せと言えるのだろう」

「……」

その選択を、我々は愚かと笑えなかった。この世界のため、そして自分達のために様々なルールを作り、異世界人と共存してきたのだから。

……ただし。

そのルールに従ってくれるような者ばかりであるはずもなく、危険視されれば当然、それなりの対応が待っている。

そういった意味では、中途半端に賢く、また行動力のある者こそが、最も不幸な道を辿ることになるのだろう。

そう、『辿ることになるはず』なんだよな。……出る杭は打たれ、異質なものは排除されるのが世の常なのだから。

「何と言うか……その、魔導師殿は考え方が特殊ですよね。まさか、『落ちるところまで落ちたら、這い上がるだけ。そこからが一番楽しい』と言われるとは思わなかったもので」

「おや、『ミヅキ』と名前で呼んでいなかったかい？」

「認識を改めました。彼女は『正しく』魔導師でしょう」

それはこの世界での定説である『世界の災厄』という意味を指す。

天秤がどちらに傾くかにもよるだろうが、全てはあの子次第。善悪ではなく、彼女自身の采配によって、決着は『幸運』にも『不運』にもなるのだろう。

「ふふ、そうか。まあ、ねぇ……あの子の感性と言うか、考え方は特殊だ。普通はそういった苦難に心折られ、絶望する者の方が多いだろうからね」

「しかも、敵対者を玩具扱い……！『馬鹿は嫌い』と公言する理由がよく判りました。……『つまらないから嫌い』、もしくは『遊び甲斐がない』という意味だったとは」

まさか『自分が遊ぶこと』を前提に、そういった言い方をしているとは思うまい。呆れるべきか、叱るべきか、非常に悩むところである。

ついつい、『そういや、猫って生きたネズミを甚振って遊ぶよな』などと思ってしまった。魔導師殿の考え方は完全に、そちらであろう。


エルの保護者としての苦労が垣間見えた瞬間だった。

なまじ能力があるので、野放しにするのは大問題である。

そりゃ、叩いてでも躾けようとするだろう。責任感の強いエルのことだ、様々な可能性を危惧し、必死だったに違いない。

その結果が、現在の『親猫』という認識。……確かに、前足で叩いて躾ける姿はよく似ている。

「ただねぇ……エルも中々にポンコツと言うか、考え方が偏っていたと言うか」

若干、視線を逸らしつつ、父はぽつりと呟いた。思わず、あの話し合いで感じたエルへの違和感を思い出し。

「あ〜……言いたいことは判ります」

微妙な表情になりつつ、私も頷いていた。

これまで異世界人について話し合う——教育といった様々なことについて——機会がなかったとはいえ、判明したエルの教育方針には吃驚だった。

多分、誰も賛同などしないだろう。そもそも、この世界の貴族階級の者でさえ、エルの教育に付いていけるか判らない。

なまじエルが日頃から『優秀』という評価を受け、魔導師殿も順調に功績を挙げていたので、誰も疑問に思わなかった……というのは言い訳だろう。

おそらくだが、ゼブレスト王陛下は割と初期からこのことに気付いていたに違いない。

だが、かの王にとって魔導師殿は、互いに『親友』と公言する存在であって。

……その方が魔導師殿のためにも良いと判断し、口を噤んだのだろう。問題があるならば、自分が手を貸してやれば良いと。

ハーヴィスの一件でも思ったが、あの二人は本当に仲が良い。

それは喜ばしいが、止めるところは止めろと思わなくもない。

「お前にも言えることだが、私の息子は二人とも真面目過ぎるのだろうね。その結果、考え方が偏ったり、視野が狭くなる傾向にあるのだろう」

「ぐ……！」

「即位前に気付けて良かったじゃないか。下手をすると、魔導師殿が実力行使してでも気付かせにくるかもしれない」

勿論、それは私のためではなく、飼い主たるエルのためであろう。飼い主の負担が増えたり、国が傾いたりすることなど、あの黒猫は望まない。

……ただし、その『実力行使』は限りなくトラウマになりそうな気がするのだが。

「あの、それって喧嘩を売られるとか、そういった意味では……？」

「あの子にとっては、結果が全てだろうしね。まあ、愛ある鞭だよ……多分」

そう言いつつも、父はとても楽しげだった。父の頭の中では、私と部下達が魔導師殿に〆られ……いやいや、遊ばれ、混乱する姿でも再生されているに違いない。

そうなったとしても、この人はにこやかに見守り、よほど必要に迫られない限り、助言すらくれないだろう。なにせ、昔から『愛ある鞭』とやらを時々、発揮している前科がある。

なお、エルもこの『愛ある鞭』の被害者であることは言うまでもない。

寧ろ、それがあったからこそ、エルが魔王などと呼ばれながらも、『第二王子は王位簒奪を狙っている』とは言われなかったのだから。

……何のことはない、『上には上がいる』というだけである。

実力至上主義のイルフェナだからこそ、その頂点たる王位に就いた者が曲者ということを誰もが知っている。と言うか、王族や貴族階級にある者達の大半は、己の苦い経験として知ることになる。

父が王位に就いた時はまだまだ情勢が不安定だったこともあり、さぞ、『色々と』意見がぶつかったことだろう。この国の忠臣達は国のためなら、相手が王であろうとも言葉を惜しまない。

……それなのに、当時の父のことを『誰も』詳しく語りたがらないのは、どういうことだ。

一体、何があったのか、気になるところではある。母曰く、『陛下は昔から、人との会話を大事にしていたのよ』とのことだが、それは絶対に普通の会話ではないだろう。

「さて、お前も頑張らなければいけないよ？　お前はエルの兄であり、将来、この国を背負うべき者なのだから」

「……っ、はい。はい、判っております。弟達に負担をかけるのも、悪役を任せるのも、私は望みません。それに……その、エルが微妙にポンコツであることも判明しましたし」

「はは！　私にとっては、昔からあんな感じなんだけどね。まあ……魔導師殿の教育にまでそれを発揮するとは思わなかったけど」

つまり、この父にとっても予想外だったわけだ。ある意味、快挙である。

「ところで、魔導師殿ってシャルリーヌの休憩時間に茶菓子を持って行くほど仲が良かったんですね。なんでも、それで休憩を取らせている時もあるとか」

「おや、シャルリーヌもか。実は、近衛騎士達の一部も、あの子に差し入れを貰っているらしくてね。アルバートに自慢をされてしまったよ」

「え」

「私達はエルに頼むしかなさそうだがね。……暫くは受けてくれないだろうけど」

あの子の人脈は本当によく判らない！

エピローグ

――イルフェナ・騎士寮にて

「さて、色々と話してきたようだね？　……君に興味を持つ者が出ることなんて、判りきっていただろう？　油断のし過ぎだ」

「いやぁ、まさか、ああいった人達が出てくるとは思わなくて。素直に拒否……と言うか、力技で逃げ出してきて良いものかと」

「まあ、それは……」

「迷うだろうな。指示を出したのは王族だと判るだろうし」

ですよねー！　『そりゃ、逃げる方が拙いかも？』とは思うよね。だって、白や黒の騎士服って、偽物じゃなければ、アル達と同じ立場に居る人だもん。

私の言い分に、アルとクラウスは納得したようだ。さすがに魔王様も無理があると思ったのか、説教の言葉も止まっている。

と、言うか。

「私、今回は悪くないですよね⁉」

これに尽きると思うんだ。だって、拉致されたし。……拉致された被害者だし！

「日頃のミヅキを知っていると、随分と大人しかったとは思うけど……」

「殿下に迷惑が掛かると判っていれば、黙って攫われていくか」

「そう！　そうですよ！　だって、どう考えても、王族の誰かの指示じゃん！」

何もできなかったというだけでなく、騎士ズも納得の表情だ。……ただし、こちらは『魔王様に迷惑が掛かると思ったから大人しかった』という解釈であり、『お前が素直に拉致されていくなんてありえない』という姿勢は変わらない。

……。

うん、我ながら本当にそう思う。

ガニアへ誘拐された時だって、魔王様の代わりになっただけだもん。

そもそも、私は他の王族……と言うか、今回の主犯（？）らしい王太子殿下の顔を知らんのだ。それ以前に、王太子殿下直属の騎士達との交流も全くないため、彼らが偽者かどうかの判別がつかないのである。

今回は王城で遭遇しているし、転移魔法も使った以上は、偽者ということはないだろう。万が一にも偽者だった場合、私が拉致された場所で暴れれば問題なし。

寧ろ、拉致される過程で問答無用に暴れてしまった場合、本物だった暁には、魔王様の方にクレームがいく可能性もあるじゃないか。

魔王様は基本的に事前の通達を怠らない人だけど、それ以上の権力者――国王夫妻や王太子である兄王子――から、『魔導師には内緒ね♡』と言われてしまった場合は、どうしようもない。

「まあ、今回は、ねぇ……私にも知らされていなかったし」

「あ、やっぱり？」

「私の介入を受けない状態で、君と話したかったらしい。だから、ファレルが私達の足止め役として、執務室に居座ったんだろう」

そう言うと、魔王様は溜息を吐く。どうやら、魔王様にも今回のことは知らされていなかった模様。しかも、ご丁寧に足止め役まで用意されていたとは。

「で、君は一体、何を話したのかな？」

それでも気になるらしく、私に報告を求めて来る魔王様。アル達も今回の件には全く関与していなかったようで、気になる表情でこちらを窺っている。

「え、これまでのことを聞かれたから、素直に話してきましたけど」

「……やっぱり、それが目的か。まあ、予想どおり……」

「ただし、『私視点での認識と、裏情報を込み』で」

「え」

魔王様はぎょっとしているけど、向こうが聞きたがったのはこれだろう。と言うか、報告書の内容で満足できなかったから、迂闊に暴露しそうなアホ猫を拉致ったと思われる。

だったら、期待に応えなきゃいけませんよね！

「だって、向こうが聞きたがったのって、これでしょう？　私的には突かれても全く困らないので、聞かれるまま、素直に答えてきましたよ？」

「そ、それは……」

「まあ、よく顔を引き攣らせたり、固まったりしていましたが。うちの騎士寮面子を基準に考えていたんですけど、あちらは意外と精神面が普通の方が揃っていたんですかね？」

私の行動範囲は狭いので、必然的に、彼らの比較対象は同じ立場にある騎士寮面子になる。それを踏まえると、どうにも彼らは常識的と言うか、吃驚人間が居なかったような。

だが、何かに気付いたらしく、唖然としていた魔王様が我に返った。

「いや、ちょっと待ちなさい？　君、アル達のことを何だと思って……っ」

「天才と何とかは紙一重を地でいく皆様。才能と引き換えに、色々なものが欠落した集団」

馬鹿正直に答えると、魔王様は反論しかけ。……上手い言葉が見つからなかったのか、頭を抱えて黙り込んでしまった。……否定の言葉が見つからなかった、ではないことを祈る。

「まあ、そうとしか言いようがないよな」

「ミヅキに馴染めているし、確かに、何があっても動じることがない」

「しかも、楽しんでいることが多いよな……」

騎士ズがこそこそと話しているけど、私は生温かい目で放置。……騎士ズよ、君達のことを騎士寮面子が確保しようとしているんだけど。逃げたきゃ、自力で頑張れよ。

番外編『日々、徒然』

――ゼブレスト・王城にて（ルドルフ視点）

「あ？　何だ、これ」

足に感じた違和感に、思わず視線を足元に向ける。そこにあったのは、一冊の黒い手帳だった。

どうやら、俺の足はこれを軽く蹴ってしまったらしい。

さすがにそのままにはできず、俺はその手帳を拾い上げた。

「手帳……ですね」

護衛として傍に付いていたセイルも、俺の手元を覗き込む。だが、それ以上に言葉がないらしく、困惑したような気配が伝わってきた。

「できるなら、持ち主に返してやりたいが……」

手にした手帳の表面に視線を走らせるも、持ち主が判るような印は……ない。裏も同じく。

どう見ても、『どこにでもある手帳』である。

これだけで持ち主を察しろというのは、いくら何でも不可能であろう。

「ルドルフ様が拾われたことが幸いだった、というしかありませんね」

苦笑しながらそう口にするセイルに、俺も頷いておく。セイルの言い分は『ある意味では』まったくの事実なのだから。

その理由は勿論——

「何だかんだ言っても、俺がこの国の最高権力者だからな」

これに尽きた。中身を確認する必要がある以上、これは非常に重要なことなのである。

ぶっちゃけると、俺は『中を見られたとしても、咎めようのない相手』なのだ。

これに何か極秘事項が書かれていたとして。迂闊に所有者よりも格下の者が見ようものなら、最悪の場合、『口封じ』(意訳)という事態を招きかねない。

あまり言いたくはないことだが、ゼブレストはほんの一年前まで荒れていた。今は比較的落ち着いたとはいえ、まだまだ俺を侮っている輩はそれなりに居る状態だ。

——はっきり言うなら、『隙あらば、追い落とす』と考える物騒な思考の奴とて居るわけで。

そんな物騒極まりないこととは無関係の奴が、そういった輩の手帳なんて拾おうものなら……まあ、その、口封じ一直線なのである。間違いなく、不幸な事故の一つや二つは起きるだろう。

……が。

そういった類の物であったとしても、王たる俺が拾った場合はそうもいかない。寧ろ、証拠品として押さえられ、取り調べに持ち込むことが可能だ。セイル達もそいつや周囲の者達へと厳しい目を向けるため、口封じどころではないだろう。

「そうは言っても、やっぱり他人の持ち物を勝手に見るのは気が引けるんだよな……」

「この場合は仕方ないかと」

「そうだけど！　それは判っているけどな⁉　もしも物騒な内容なものじゃなくて、個人的なことが書かれていた場合は気まずいと言うか」

できれば仕事のことが書かれていて欲しい。もっと言うなら、俺と親しくない者が所有者であってくれと願ってやまない。

いくら配下の者であろうとも、勝手に私生活を覗き見るのはどうかと思う。これで愛人との逢瀬（おうせ）の予定などが書かれていたりしたら、大変微妙な気持ちになることは確実だ。


お貴族様は血統主義なのだ。つまり、血を残すことも義務なのである。

だからと言って、複数の愛人を推奨しているわけではない。

ただ、残念なことにその義務を、『複数の愛人を持つ言い訳』に使う輩が居ることも事実であった。

愛人の子は正妻の子との扱いに差が出る場合もあり、逆に、愛人達の方が政略結婚で婚姻を結んだ正妻達より優遇される場合もあるため、修羅場待ったなしの状況になる危険性もある――過去、そういった事例は腐るほどあった――というのに、男というのは学習しない生き物である。

自分の信頼する配下達にそういった輩が居るとは思いたくはないが……なにせ、ゼブレストは漸く国を立て直すに至り、長い間の緊張状態から解放されたようなもの。

うっかり気が緩んでしまったとしても、誰が責められようか。寧ろ、そんな状態を長期間続けてしまった俺の方が居た堪れない。

「まあまあ、とりあえず中を確認してみてはいかがです？　仕事の予定が綴られているだけかもしれませんし、ここに落ちていたということは、見られる可能性も考慮されていたのでは？」

そう口にするセイルも俺の微妙な気持ちを察してくれたのか、苦笑気味。それでも俺に中を確認させようとするあたり、中々に『いい性格』をしているじゃないか。

「魔法の類が仕掛けられている可能性は……」

「あ、大丈夫です。先日、そういった物が判る魔道具をクラウスに貰ったんですよ。勿論、『魔法が仕掛けられているか、否か』程度の性能らしいですが、この手帳には反応していません」

ほら、と言って、セイルは手帳に触れた。……いつの間にか手首に付けていたブレスレット——多分、これが魔道具だろう——に付いている魔石は、何の反応も示さない。

「く……！　随分とタイミングが良いな⁉」

「元から彼らはエルシュオン殿下の守りを担っていますし、『そういった罠』も多かったのでは？」

「ああ……何となく事情が判った」

今はともかく、以前のエルシュオンは敵が多かった。なるほど、エルシュオンが無事だった背景には、彼の騎士達の日々の努力があったのか。

「ルドルフ様はミヅキと親友であることを公言されていますし、『そのうち必要になるかもしれ

ん』と言っていましたよ。ミヅキが我が国に常駐していない以上、こういった守りは万全にしておけとも言っていました」

「そうか、それは心配させた……」

「『ルドルフ様に何かあった場合、お前とミヅキが盛大に暴れるだろう』と言っていましたね。いやぁ、理解ある友が居るとは良いものです」

「そこは自分だけでも否定しような⁉」

そう言いつつも、それが限りなく現実になるであろうことは理解している。ミヅキ曰くの『殺伐(さつばつ)思考者』であるセイルに、『特定の者限定で情に厚い魔導師』であるミヅキ。


この二人が揃った場合、『滅殺上等！』を合言葉に、嬉々として行動に出るのだ。

ブチ切れた騎士と自己中娘の組み合わせなので、止まるはずもない。


なお、エルシュオンも何だかんだ俺に甘いので、そうなったとしても、二人を本気で止めることはないと思っている。寧ろ、彼の騎士達はセイル曰く『理解ある友』らしいので、嬉々として助力するだろう。


……そんな予想がたやすくできてしまううえ、少し嬉しいと思ってしまう俺も大概だが。

「まあ、今回は仕方ない。……とりあえず中身の確認だな」

免罪符のように口にして、俺は手にした手帳の表紙を捲(めく)った。

※※※※※※※

『本日、イルフェナからエルシュオン殿下の手の者が来た。まさか、単独で送り込んでくるとは……何を考えているのだろう』

『一応、彼女は魔導師らしい。ただ、何と言うか……どうにも意外と言うか、頼りない印象が拭えない。年若い見た目であることも一因だとは思うが、見た目相応の口調も不安を煽る。本当に大丈夫なのだろうか？』

『私に怯えず、セイルの顔にも興味を示さないところは及第点だが、それだけでは困るのだ』

『第一、彼女が協力者であろうとも、他国の者であることは変わらない。こちらとて、情報の全てを提示できるわけではないのだ』

『何より、死なれるのが一番困る。彼女の守りはそれなりに固めてあると言っても、万全ではない。最優先がルドルフ様であることは勿論だが、すぐ傍に裏切り者を置く以上、隙はできるだろう』

『……まあ、そういったことにも自分で気付き、利用するくらいでなければ困るのだが』

『彼女の魔法の腕がどれくらいか判らない以上、不安要素が尽きることはない。セイルを付け、報告をさせることで、とりあえずは様子見となった。セイルからの報告によって、今後の方針も決まるだろう』

『最悪の場合、送り返すことも視野に入れなければならないな。役立たずを抱え込む余裕はないうえ、敵対者達に利用されても困る』
『無関係な者が死ぬことは避けなければならない。まして、彼女はルドルフ様の友人であるのだから。……ルドルフ様が嘆く姿は見たくないものだ』

※※※※※※※

「……」

「……」

「これってさぁ……アーヴィの日記じゃね？」

「日記、と言いますか……日記を兼ねた覚え書きのような物という気がしますね。時間的に、これはミヅキがイルフェナから来たばかりの頃のことでしょうか」

愛人との逢瀬云々ではなかったが、これはこれで気まずい気がする。アーヴィのことだから、見られて拙いことは書いていないと思うが、口にしない本音などが書かれている可能性があるじゃないか。

そこに『宰相になど、なりたくなかった』なんて書かれていたら？

俺の傍に居たことを後悔するような記述を見付けてしまったら……？

結論：無理。俺、絶対に立ち直れない。

「……。よし、誰の物かは判ったな。持ち主に返そう」

『これで終わり』とばかりに手帳を閉じて、アーヴィの居るであろう執務室へと足を向ける。……向けたつもりだった。

――『失礼しますね』という言葉と共に、手帳が取り上げられるまでは。

「ちょ、おい！　セイル⁉」

慌てて振り向くと、そこにはとても楽しそうな顔をしたセイルが手帳をひらひらと振っていた。

「折角の機会ですから、もう少し」

「いや、それ以上は個人のプライベートを暴く行為であってだな……」

「面白そうですし」

「本音はそっちか！」

楽しそうなセイルに内心、溜息を吐く。駄目だ、これは俺を揶揄っているというより、本当に興味津々なのだろう。ぶっちゃけ、面白がっている。

さすがに拙いと、抗議しようとし。……セイルの楽しそうな表情を見ているうち、『これも俺達に訪れた変化なんだよな』なんて思えてしまって、ついつい、口を噤んでしまった。

セイルは基本的に穏やかそうな笑みを崩さない。たとえ本心がどうであろうとも。

それは周囲に弱みを見せないためであると同時に、感情を悟らせないためでもあった。焦ったり、激高している様を見せれば、即座に『敵』はそこを突こうとしてきただろうから。

俺の護衛を担っていたセイルはそういったことに慣れ過ぎ、いつしか限られた者達以外に感情を読み取らせない癖がついてしまった。それでも、その『限られた者達』に該当する者がセイルの感情を読み取ろうとしなければ、彼は自分の感情を隠したままだっただろう。

セイル自身も意図してそうしていたわけではなく、自然とそうなってしまったらしい。

アーヴィなどは『自衛本能の一種でしょうか』などと、苦い顔で口にしていた。

そのセイルが楽しそうにしている。……感情を素直に表に出せている！

これはある意味、快挙だった。長年の憂いがなくなったとセイル自身が自覚しない限り、このような反応はしないのだから。

それがアーヴィの覚え書きらしき手帳を読み進めたいがゆえの好奇心というのはともかく、今のセイルは悪戯を仕掛ける子供のよう。……そんな反応なんて、子供の頃であっても、見たことがないというのに。

「……後で謝罪しておけよ」

「ふふ、判っております。ですが、ルドルフ様も共犯ですよ」

『貴方も気になっているのでしょう？』と聞かれれば、顔を赤らめながらも頷くしかない。……仕方ないじゃないか。セイルには俺がどう思っているかなんて、とっくにバレているだろうから。

「はぁ……後で説教は確実だな」

「いいじゃないですか。一緒に怒られましょう」

「説教覚悟ってなぁ……ミヅキじゃないんだから」

そう言いつつも、俺は少し嬉しかった。

誰かと一緒に悪戯をしたことも、それで共に怒られたことも。……幼い頃には経験できなかったことなのだから。

※※※※※※※

『こちらの予想に反し、ミヅキは実にいい仕事をしてくれている』

『どうやら、【イルフェナから来た側室は王妃候補】という噂を鵜呑みにしたらしく、側室達の中には危機感を抱く者が出ているらしい』

『おそらくだが……ミヅキがルドルフ様と仲が良いことも、一因となっているのだと思う』

『そうは言っても、あの二人に恋愛じみた感情はない。ただ、物凄く仲が良いと言うか、共に悪戯を仕掛ける友人同士のような気安い雰囲気はある』

『ルドルフ様に避けられている側室からすれば、ミヅキが特別な存在のように見えているのだろう。

そもそも、好意的にすら見られることがないのだから、ミヅキに嫉妬しても不思議はない』

『この時点で上手く立ち回れるような者ならば、希望はあったかもしれない。少なくとも、ミヅキは己の立ち位置と望まれた役割を完璧に理解しているどころか、予想以上の成果を叩き出している』

『そんな状況を客観的に見ている私達からすれば、側室全員を【不要】と判断しても仕方がないだろう。これは別に高望みしているとか、側室達の家が気に食わないといった理由ではない』

『比較対象であるミヅキがエルシュオン殿下から推薦された人物であろうとも、情報の少なさと権力のなさはどうしようもない。そういった点では、側室達の方がよほど恵まれている』

『それにも拘わらず、圧倒的な強者となっているのはミヅキの方なのだ』

『はっきり言ってこの国は色々と不安定過ぎる。先代からの負の遺産が大き過ぎると言っても過言ではない状況なのだ。野心ばかり立派な馬鹿に、王妃なんて務まるものか』

『……まあ、ミヅキが普通かと問われれば、首を傾げてしまうのも事実であろう』

『何故、側室達で遊ぼうとするのだ』

『何故、カエルを味方に付けることを思いつくんだ』

『何故、魔法よりも己の手足で攻撃しようとするんだ⁉　お前、魔導師だろう⁉』

『と、言うか。罠と称して、ルドルフ様と酒盛りをしようとするんじゃない！　罠にかかった側室達を肴に、笑いながら酒盛りをしているお前達を見た時、叱るべきか、評価すべきか、私は大いに悩んだじゃないか』

『もっと言うなら、命の危機的状況なのに遊ぶな』

『……おかしいな。ミヅキが来た当初は不安と落胆が頭を占めていたというのに、今はミヅキとルドルフ様の性格矯正に頭を悩ませがちな私が居る』

※※※※※※※

「あ～……アーヴィの立場だと……確かに、こんな思考になるよな」

「あの当時は……まあ、色々と大変でしたからね」

内心、冷や汗をかく俺とは違い、セイルは笑いを堪えているようだった。そんなセイルをジト目で睨むも、彼は肩を震わせている。

「あの当時、アーヴィはどちらかと言えば、ミヅキと距離を置いている状態でしたからね。それでも冷静に評価しようとしていたのでしょうが……こ、これは……っ」

「途中まではそう見えるけど、後半は問題児の育児日誌じみてきてるな」

その『問題児』に俺が含まれているのはいただけないが、酒盛りやら、側室相手の悪戯やらは実行した記憶があるので、文句も言えない。

ただ、カエル――おたま達のことは当時、俺も驚いた。ミヅキは単に『女性はカエルが苦手』という発想から幼生達を育てたのだろうが、まさか、あそこまで賢いとは思わなかったのだ。

誰に聞いても、唖然とするだろう……『カエルの恩返し』なんて！

その後、人の言葉を話すことができる主様――おたま達の生家（？）である、沼に住む蛇――に聞いたところによると、『恐ろしい目に遭うことも、飢えることもなく、とても可愛がってもらった』とカエル達が言っていたらしいので、あいつらの行動は本当に『恩返し』だったわけだ。

……。

現在の俺は『魔導師の親友』の他に、『カエルを味方に付けた王』とも呼ばれている。

『親猫といい勝負ですね』なんてセイルに笑われた俺は一体、どうしたらいいのだろう。

おかしいな。この当時、俺は『お飾りの王』やら『先代の負の遺産に苦しむ苦労人』と呼ばれることが多かったのだけど。割と悲劇の人扱いをされていたはずなのだが、どこをどう間違って、イロモノ方向の称号持ちになったのか。

その原因は言うまでもなく、ミヅキである。俺はそこに巻き込まれただけ。それ以外に認めないし、どう頑張っても他に理由などないだろう。

ミヅキは自分を『最高のエンターテイナー』などとぬかす愉快犯なので、遊ぶ時は盛大に遊び、周囲にも笑いをもたらすという、どうしようもない性格なのだ。

咎められないのは、もたらされるのが笑いや情報だけではなく、利となるものが含まれているからだろう。さすがエルシュオンの教育と言うか、性格に難ありでも、ミヅキが優秀であることは事実だったりする。

ただし、その賢さはろくでもない方向に全振りである。

優秀さを間違った方向に活かす天災（※誤字ではない）、それがミヅキ。

「アーヴィからすれば、ミヅキみたいなタイプは完全に珍獣だろうな」

「真面目ですからね、我らが宰相殿は」

「いや、それもあるんだが……どうして苦境を『這い上がって報復する、一番楽しい時間』なんて思えるのかなって。俺達は命の危機は勿論、随分と辛酸を嘗めただろう？　どう考えても、その発想だけは理解できん」

ぶっちゃけて言うと、賛同者は皆無だと思っている。俺達のような立場の者はそれなりに苦労する階級だし、苦難をチャンスと捉えることもあるだろうが、それでも苦難を楽しむ奴はいないと思う。寧ろ、居たら会ってみたい。

「俺達はいいよ、自分で選んだ道だから。だけどさ、ミヅキは違うだろう？　エルシュオンが過保護を発揮してるだろうから、仕事として依頼された場合であっても、断ることはできると思うんだ。エルシュオンの騎士達だって、無理強いはしないだろうに」

「……」

別に、エルシュオンがミヅキに特別甘いというわけではない。『常識すら違うことが当たり前の異世界人に、王族・貴族ですら手を焼く仕事を任せない』という意味だ。

普通に考えたって、おかしいだろう……ミヅキが魔導師だからと言っても、見た目はただの小娘である。周囲とて、それを判っているはずなのだ。

「だからさ……アーヴィがそれを口にできない不甲斐なさってやつも、理解できるんだ」

自分の目の前でのことなら、アーヴィはミヅキを危険から遠ざけるだろう。だって、アーヴィはいつだって、俺やミヅキをその背に庇ってきたじゃないか。

それなのに、そういったことに苦言を呈さないのは……『自分達が反対できる立場にないから』。

ゼブレストは本当に、ミヅキに世話になった。望んだ結果に導き、時には報復への道筋を整えてくれた。

だけど、そこに危険がなかったわけじゃない。寧ろ、命の危機満載だったろう。

それでも、俺達はミヅキがもたらしてくれた結果を受け取ってきたのだ……どうして、同じことを望む者達に抗議なんてできるだろう？

パラパラと手帳を捲ると、記憶に残る出来事に対するアーヴィの心境が見て取れる。そして、最もアーヴィの苦悩が表れているのは勿論……キヴェラを敗北させたことだった。

「キヴェラを敗北させた時だって、アーヴィは『よくやった』とは言わなかった。俺達は『最終的に結果を受け取っただけ』であり、それ以上でも、それ以下でもないのだから」

「どのような言葉をかけても、我々が関与したような疑惑を持たれてしまいますからね」

「それが判っているから、俺達は何も言わなかった。世間的に、あれは『魔導師がコルベラの姫君を助け出したことによって起きた、魔導師とキヴェラの揉め事』だからな。……ミヅキの真の目的が俺達にすら明かされなかった以上、国としてはどうすることもできない」

だから、手帳の文面から感じ取れる『これ』は。

「悔しかったんだろうな、アーヴィは。ミヅキの保護者としての自負があるから余計に」

エルシュオンだろうとも、単なる保護者ではいられないのだ。俺達同様、ミヅキと国を天秤にかければ、国を選ぶことが当たり前なのだから。

そこに苦悩がないはずがない。エルシュオンやアーヴィは、ミヅキを可愛がっているじゃないか。

「アーヴィは私にとっても『兄』ですからね。一度庇護下に置いた以上、できる限り守ろうとするでしょう。ミヅキは特殊な事情持ちだからこそ、余計に放っておけないのかもしれません」

「……」

セイルの言葉には苦いものが滲んでいた。それが己の経験から来るものなんて、嫌でも判ってしまった。だって、俺も同じなのだから。

俺達は権力者達の強欲さや身勝手さを知っている。

そして、世界がどれほど理不尽かも。

法があろうと、権力がある立場だろうと、抗う力なき者に対して世間は冷たい。『可哀想』と同情する言葉があったとしても、動いてくれる者は少ないのだ。

エルシュオンがミヅキに対し過保護と言われる所以(ゆえん)もこれが原因だと思っている。言い方は悪いが、『今』のミヅキならばともかく、『過去』のミヅキは切り捨てた方が良い時もあったはず。

「正直、ミヅキがあの性格であったことは良いことだと思っている。敵には容赦せず、徹底的に遣り返すほど凶暴であることも含めてな。そうじゃなかったら、どうなっていたか判らん」

「あの凶暴さがあるからこそ、手が出せなかった人達は居たでしょうからね」

「エルシュオンの教育が『遣り過ぎ』って言われてるけどさ、エルシュオンはそういった事情も踏まえて、ミヅキを教育したんだろうさ。……利用されないよう、自分が守ってやれない時も、従えようとする手を撥(は)ね除(の)けられる強さを持てるように……ってな」

王族としては失格だろう。それでもエルシュオンは己の庇護下に置いた異世界人を守ってやりたかったのだ。

何だかんだと言いながらも、エルシュオンは本気でミヅキを諫めない。彼の騎士も同じく。『魔導師は魔王殿下の言うことだけは聞く』という姿とて、ミヅキが作った流れの一つなのだろうが……エルシュオンとて、それを利用しているのだ。

だって、魔王殿下の過保護はあれほど有名になっているじゃないか。

権力のない魔導師相手ならばともかく、『魔王殿下』を相手にしようと思う輩がどれほど居る?

結果として、ミヅキは今の状態なのだ。ミヅキはエルシュオンを悪評などから守りたかったのだろうが、過保護な親猫様は存外、それを利用する強かさを持っているのである。

「ミヅキがアーヴィに懐いているのは、自分を利用する気がないことを知っているからだろうな」

「まあ、アーヴィからしても、ミヅキは背に庇うべき存在のようですからね」

「だからこそ、あいつの思考回路は野良猫みたいなものだと言っているんだが」

「当たり前のことが判らない者達が多過ぎるのでしょう。『見返りを期待することなく面倒を見てやれば、懐かれる』なんて」

ミヅキの場合は完全に、セイルの言ったことが正解である。あの自己中娘は自分に向けられた愛情に気付かないほど愚かではないため、居心地の良い場所を守る意味でも、愛情を向けてくれる者達を害されることが許せない。……それだけ、なのだ。

自分に良くしてくれる者達を守ることが、結果的に自分の安寧に繋がるのだ。

奉仕精神皆無の自己中娘だからこそ、『善意の行動』なんてありえない。

と言うか、ミヅキの立場からすれば、誰だって似たような行動を取るだろう。声高に無条件の奉仕を望む輩が叫ぶ『正義感』なんて、所詮は『そいつにとって都合の良いこと』でしかない。

そもそも、『人に動いてもらって、当たり前』なんてふざけた考えの奴は、遅かれ早かれ、どうせ潰れる。……自力で遣り遂げる能力がないのだから。実力をつける努力をせず、人任せにした者の末路なんざ、概ね悲惨であろう。

俺は手にした手帳を閉じた。これ以上は必要ない。そして、俺達もまた、アーヴィにとっては『守るべき者』である以上、手帳の中身に思うことがあろうとも、そ知らぬふりをし続けなければいけないのだろう。

それがアーヴィの矜持に対する配慮であり、『現時点では』どうしようもない現実なのだ。……が、俺はいつまでもその立場に甘んじているつもりもなかった。

まずは結果を示し、俺達はアーヴィに証明すべきなのだ。

『いつまでも守られているばかりではない』と！


「さて、アーヴィに返しに行くか。折角だからエリザも誘って、休憩してもいいかもな」

「そうですね、アーヴィはただでさえ働き過ぎなところがありますし……我々が共に休憩したいと我侭を言えば、仕方なさそうな顔をしながらも、承諾してくれるでしょう」

「アーヴィ、俺達には甘いもんな」

「ええ。イルフェナの親猫様と同じく、我々にとっては過保護な『兄』ですよ」

……そうだ、これでいい。まずは少しずつ、アーヴィの負担を減らすことから始めよう。

今の俺達には余裕がある。俺が受け止めきれない負担を、アーヴィが肩代わりするような事態はほぼ起こっていないじゃないか。

それはミヅキがもたらした『結果』であると同時に、俺達が成長したからであろう。過保護な『兄』であろうとも、弟達の成長を認めるべきなのだ。

「先日のイルフェナでの一件で、俺にも他国に知り合いができた。なに、互いに利がある関係であれば、彼らも俺と友好的であってくれるだろう」

「ふふ、襲撃された甲斐がありましたか」

「ああ。エルシュオンが負傷したのはいただけないが、俺にとっては『幸運』と言えるだろう」

あの時、アーヴィが俺のイルフェナ滞在を許してくれたのは、何もエルシュオンばかりが原因ではない。そういった人脈を築くことを期待した面もあったと思っている。

ならば、その期待に応えてやるべきだろう。ミヅキばかりに縋るのではなく、俺とてこの国の王なのだから。

「中身を見たか、聞かれそうだよな」

「『最初の方で持ち主が判明した』とでも言っておけば問題ないかと。それも嘘ではありませんし」

「だよなぁ」

足を進めながらも、セイルと軽口を叩き合う。こんな時間さえ、かつては有り得なかった。国は未だに建て直したとは言えない状況だが、それでも俺達に精神的な余裕ができたことは大きい。

部屋に入ると、机に向かっていたアーヴィは顔を上げ。……すぐに俺が手にしている物に気付き、顔を引き攣らせた。

そんなアーヴィの反応に、俺とセイルは顔を見合わせて笑う。

「……ルドルフ様？　……っ！　それ、は！」

「ん〜？　ああ、ついさっき拾ったんだ。持ち主を知るために少し中を見たんだが、少し見ただけで誰の物か一発で判ったぞ」

過保護だなぁ、アーヴィは！

そう言って、手帳を持ち主の下へと返す。どこか慌てた様子のアーヴィ、その珍しい姿に、俺達の笑みは自然と深まった。

たまには、こんなハプニングも悪くはない。

ついついそんなことを考えつつ、俺はアーヴィへと休憩の誘いをかけた。

307　　魔導師は平凡を望む　31

アリアンローズ既刊好評発売中!!

最新刊行作品

伯爵家を守るためにとりあえず婚約しました
著／しののめめい　イラスト／春が野かおる

王立騎士団の花形職 ①
～転移先で授かったのは、聖獣に愛される規格外な魔力と供給スキルでした～
著／眼鏡ぐま　イラスト／縞

清廉な令嬢は悪女になりたい
～父親からめちゃくちゃな依頼をされたので、遠慮なく悪女になります！～
著／エイ　イラスト／月戸

聖女は人間に絶望しました
～追放された聖女は過保護な銀の王に愛される～
著／柏てん　イラスト／阿倍野ちゃこ

第二王子の側室になりたくないと思っていたら、正室になってしまいました
～おてんば伯爵令嬢が攻撃魔法を磨いて王子様と冒険者デビューするまで～
著／倉本 縞　イラスト／コユコム

二周目の悪役令嬢は、マイルドヤンデレに切り替えていく
著／羽瀬川ルフレ　イラスト／くろでこ

リーフェの祝福 全2巻
～無属性魔法しか使えない落ちこぼれとしてほっといてください～
著／クレハ　イラスト／祀花よう子

公爵令嬢は我が道を場当たり的に行く ①
著／ぽよ子　イラスト／にもし

コミカライズ作品

目指す地位は縁の下。
著／ビス　イラスト／あおいあり

悪役令嬢後宮物語 全8巻
著／涼風　イラスト／鈴ノ助

誰かこの状況を説明してください！ ①～⑨
著／徒然花　イラスト／萩原 凛

魔導師は平凡を望む ①～㉛
著／広瀬 煉　イラスト／⑪

転生王女は今日も旗を叩き折る ①～⑧
著／ビス　イラスト／雪子

侯爵令嬢は手駒を演じる 全4巻
著／橘 千秋　イラスト／蒼崎 律

復讐を誓った白猫は竜王の膝の上で惰眠をむさぼる ①～⑦
著／クレハ　イラスト／ヤミーゴ

婚約破棄の次は偽装婚約。さて、その次は……。全3巻
著／瑞本千紗　イラスト／阿久田ミチ

平和的ダンジョン生活。全3巻
著／広瀬 煉　イラスト／⑪

転生しまして、現在は侍女でございます。①～⑨
著／玉響なつめ　イラスト／仁藤あかね

魔法世界の受付嬢になりたいです 全4巻
著／まこ　イラスト／まろ

どうも、悪役にされた令嬢ですけれど 全2巻
著／佐槻奏多　イラスト／八美☆わん

脇役令嬢に転生しましたがシナリオ通りにはいかせません！ 全2巻
著／柏てん　イラスト／朝日川日和

騎士団の金庫番 全3巻
～元経理OLの私、騎士団のお財布を握ることになりました～
著／飛野 猶　イラスト／風ことら

王子様なんて、こっちから願い下げですわ！ 全2巻
～追放された元悪役令嬢、魔法の力で見返します～
著／柏てん　イラスト／御子柴リョウ

婚約破棄をした令嬢は我慢を止めました ①～③
著／棗　イラスト／萩原 凛

裏切られた黒猫は幸せな魔法具ライフを目指したい ①～②
著／クレハ　イラスト／ヤミーゴ

明日、結婚式なんですけど!? 全2巻
～婚約者に浮気されたので過去に戻って人生やりなおします～
著／星見うさぎ　イラスト／三湊かおり

Twitter
「アリアンローズ／アリアンローズコミックス」
@info_arianrose

TikTok
「異世界ファンタジー【AR/ARC/FWC/FWCA】」
@ararcfwcfwca_official

その他のアリアンローズ作品は https://arianrose.jp/

魔導師は平凡を望む　31

＊本作は「小説家になろう」（https://syosetu.com/）に掲載されていた作品を、大幅に加筆修正したものとなります。
＊この作品はフィクションです。実在の人物・団体・事件・地名・名称等とは一切関係ありません。

2023年4月20日　第一刷発行

著者 ……………… 広瀬 煉
©HIROSE REN/Frontier Works Inc.
イラスト ……………… ⑪
発行者 ……………… 辻 政英
発行所 ……………… 株式会社フロンティアワークス
〒170-0013　東京都豊島区東池袋3-22-17
東池袋セントラルプレイス5F
営業　TEL 03-5957-1030　FAX 03-5957-1533
アリアンローズ公式サイト　https://arianrose.jp/
装丁デザイン ……………… ウエダデザイン室
印刷所 ……………… シナノ書籍印刷株式会社